青山誠子 著

女たちのイギリス文学

開文社出版

目次

第一章　女性と文学——私の場合

1

「女性と文学」という本稿の題は、私の最初の訳書の題からとったものであり、それはまた私が青山学院大学着任以来、十四年間担当した英文学特講の授業で、ほぼ一年おきに掲げた講義題目と同じである。生まれて初めての訳業の対象がたまたま、アメリカの女性文学者が「ヒロイニズム」という新視点から、十八世紀以降の英・米・仏のすぐれた女性作家の作品を読み直した尖鋭な評論であったことは、その後の私の文学研究の姿勢に根本的な影響を及ぼすことになった。

この訳書の出版は一九七八年、四十七歳の時だった。

英文学研究における私の基本的立場は、広い意味のフェミニズムといえるのであろうが、それは何か特定の理論やイデオロギーの影響というよりは、私の人生体験、与えられた仕事の内容、たまたま読んだ本からの刺激など、多分に偶発的な諸要素が結びついて自然発生的に生まれてきたものである。

一九五三年に遡る。私は名古屋大学文学部英文学科の卒業論文、「シャーロット・ブロンテ研究」に必死で取り組んでいた。いうまでもなく当時の国立大学には女性教師も女性文学の講義も皆無だったから、論文は完全に独力の手探りの結果だった。ようやく日本にも及んできたニュー・クリティシズムの影響もあり、私はブロンテの四小説を、理性と情熱のせめぎ合いという構図を中心に、男性作家の場合と同様、芸術的完成度という尺度に従って分析しその発展をたどったのだ。当時の私には作品の土壌としての時代、社会、作者の生涯、ましてや性別の問題など、ほとんど意識されていなかった。『女性と文学』の著者エレン・モアズの言葉を借りれば、「われわれは彼女らを……ロマン主義作家、ケルト人、あるいは社会主義者として考察を重ねてきた……。しかしながらわれわれは右のようなアプローチ以外に、彼女らが女性であるという事実を、偶然か故意の偏狭さからいつもきまって抑えてきたのだ」。

二年後、東京大学大学院で執筆した論文はシェイクスピア論で、「『あらし』における悪の問題について」と題され、これまた同様にテーマ、構成、技法の分析が中心だった。ヴァージニア・ウルフが評論『私だけの部屋』で提起した問題——「シェイクスピアに、兄と同じだけの才能と野心を持つジューディスという妹がいて、ロンドンで演劇の道に進もうとしたらどうなったか」「彼女は女ゆえのさまざまの制約にがんじがらめにされ、なんの成果もあげずに自殺に追いこまれただろう」——の重要性に私が気づいたのは、ずっとあとのことだった。

作品の生成には作家の全人間性が関与する。もしも作家が女／男としての自分の肉体や精神を否定し、特定の時代や階級や場所に生きる女／男としての特殊性を否認するなら、彼女／彼らは単に狭義の抽象的な人間でしかありえない。彼女／彼らは、作家が利用する他のすべての素材と共に、それらのファクターを文学へと変貌させるのだ。他方、作品の受容や評価にも読者の全人間性がかかることはいうまでもない。当時の私は、女性としての欲求や心情とは無関係に、英文学史や批評書を通して修得した、いわば「男の読み方」しか知らなかったといえる。なぜならそれらの書物のすべては男性の著作であり、日本の大学や学界は、欧米以上に男性の独擅場だったからである。

2

保守的風潮の強い名古屋で生まれた私は、男性優位思想の化身のような法律家の父、夫や子供のため忍従と奉仕をしつづけた母の人生を見て育った。経済的自立の力さえあれば母のような生き方をしないですむという思いが、私の人生の原点になった。

私は一九四四年、第二次大戦のさなかに愛知県立第一高女という旧制女学校に入学。ＡＢＣもろくに書けぬうちに勤労動員で工場に狩り出され、翌年夏に敗戦を迎えた。学校は空襲で全焼し、間借り校舎で英語の授業が再開されたのはやっと三年生の春。私は貪るように英文日誌に熱中した。五年を終えた私の前に三つの選択肢があった。伝統ある旧制高女の最後の卒業生となるか、旧制女専に進学するか、あるいは発足後まもない新制大学に入るため新制高校三年に編入するかである。友人の多くは第一か第二の道を選んで去ったが、私は第三の道を選んだ。新編成の県立高校は学区制で集まってきた多くの男子と少数の女子の雑然たる集団となった。

一変した大混乱の環境に身を投じ、翌年には男子と共に大学受験に挑まねばならぬ私がまず直面したのは次の事実であった。実力テストの成績が発表されるや、特に数学において、名門高女の優等生だった女生徒たちが、二流三流とみなされてきた中学校の男子よりはるかに下位にあったのだ。私も例外ではなかった。私たちがやがて気づいたのは、女学校と中学校ではカリキュラムも教科書もまったく異なり、男子が「微分・積分」を勉強し終えているのに対し、女子はそれらを習ったこともなく、裁縫・調理の類に時間を費やしていたということだった。その時の悔しさを私は今も忘れない。

英語好きの私は津田塾大学への進学を望んだが、経済的事情や食糧事情のため、また戦後の混乱が続く東京に娘を行かせるわけにはいかぬという父の反対によって断念し、地元の名古屋大学を目指して猛勉強を開始した。一年間で微分・積分をものにする必要があった。もしも私が津田塾または他の女子大に入学していたら、女性教授の授業を受け、もっと早く容易に、そしてもっとしっかりした理論的な基盤に立って、女性文学の研究にとりかかっていたであろう。また女性の研究者や教育者のモデルを身近に持つことができたであろう。しかしその場合、回り道をしつつ手探りでたどりついた今の私の女性文学への体験的取り組みとは、おのずから違っていたであろう。

名古屋大学の英文科は、同期生約二十名のうち女子は他学科より格段に多く五名いた。税金のおかげで勉強しているという自負と、成果を社会に還元せねばという責任感とで意気軒昂たる女子学生の中で、将来の目標が一番あいまいだった私が、結局ただ一人、英文学の道を生涯進むこととなった。思えば、ブロンテとシェイクスピアのいずれも、私は出身大学や大学院の正規の授業で学んだ記憶がない。シェイクスピアに関しては名大時代京都大学から中西信太郎教授が集中講義で『ソネット』を講じられたこと、友人と二人で『マクベス』を読んだこと、東大では学部生対象の中野好夫氏による『リア王』の名物講義を一度だけ盗聴したこと、ロンドン大学留学時代にシェイクスピアのゼミに参加したことぐらいで、系統的な勉強とは無縁であった。ブロンテについてはそれさえなく、名大の恩師の「あなたは女性だから、G・ギッシングなどやめて女性作家を選んだら」という助言にしたがって、盲滅法に卒論を書いたに過ぎない。このように万事無計画に自己流で通してきた私が、ブロンテとシェイクスピアを専門にすることになるとは、我ながら不思議である。

名大卒業後、私は地元で新聞記者になるはずだった。しかし私は「大いなる田舎」と呼ばれる閉鎖的な名古屋から、また横暴な父と忍従する母の家庭からも脱出したかった。新聞社に勤務後、父の選ぶ若手弁護士と結婚するだろう人生を拒否するために、東京に出たかった。東大大学院への進学は英文学研究のためよりも、父の反対を押しきるための一つの手段だった。今回も母が理解を示してくれた。

私は大学院入学の年の秋に結婚し、家事やアルバイトに追われながら修論を書き上げた。それでもなお、将来英文学を専門にする決意は固まっていなかった。修士課程修了後約三年間、長女の出産と育児のため、在宅のまま辞書の改訂・編纂に従事。当時私は貧しく、多忙さを見かねた母が洗濯機購入用にと渡してくれたお金まで貯金して、せっせとタライで洗濯をし続けた。共立女子短大に非常勤として勤務中長男が生まれ、翌年専任になった。当時は保育園などなかったから、出勤日は近所の老婦人に子供を託し、のちにはお手伝いの少女に助けられ、なんとか乗り切った。通勤、家事、育児に身をすりへらしつつ、とにかく毎年一本の論文を紀要に発表するだけで仕事と家庭の両立に満足している、と私は思いこんでいた。

一九五三年、ボーヴォワールの『第二の性』の翻訳が出た。私がこの本を夢中で読んだのは、出版の数年後、二歳になった娘に一番手がかかるころだった。男性中心の社会や家庭の仕組みの中で第二の性と貶められてきた女性の歴史、あらゆる階層の女たちの「妻」「母」としての日常を、具体的、時には哲学的に追究するこの本が、家事や育児の一方的負担に私が感じ始めていた漠然たる不満や矛盾感と切実に呼応することを私は感じた。「女」を規定するのは生物学的条件のみではない。「女」とは社会的に構築されたものだ、という「ジェンダー」概念の先駆ともいうべきこの本が、私を心底からゆすぶった。「家庭の生活をいくら懸命にやっても女には人間的品位や生きることの意味が与えられない」という論旨には、否定できぬ重みがあった。

次第に私は、教職と英文学の研究に、単なる両立や経済的自立のためではなく、生きがいとして取り組みはじめた。どんなに負担が重くても、この生きがいを手放してなるものか、という気持ちが私の支えになった。

やがて欧米諸国で画期的な女性の著作が次々に出版された。ベティ・フリーダンの『女らしさの神話』、ケイト・ミレットの『性の政治学』などである。文学作品はジェンダー・イデオロギーから自由ではありえない。私はゼミの題目にはじめて「英国女性作家」を掲げることにした。

3

当時アメリカの多くの女子大学で教科書として使用されていた『女性と文学《リテラリ・ウィメン》』の翻訳を依頼され、それに取り組んでいる最中、名古屋の母が膵臓癌で入院との知らせを受けた。兄と二人きょうだいの私は、娘による看病を望む母のために、春休み中何度も往復することになった。夜は病室の薄暗い電灯のもと、病床の傍らで訳業を少しずつ進めた。折りから息子の高校受験と重なり、終日看病したあと夜の新幹線で帰宅、翌朝お弁当を作って息子を試験場に送り出し、また名古屋へ向かい、新学期の授業の準備は車中でするという離れ技もやった。

母は自分の病気が癌であると気づいていたにちがいない。入院直前まで、普段は縁のない机に向かって終日夢中で何かを書き綴っていたという。それは母の一生の記録、明治生まれの女の自分史だった。母の死後兄から渡されたノートは、くねくねした変体仮名の力弱い筆跡がひどく読みづらかった。学歴は小学校のみだが、勝気で頭の良い女が血の滲むような努力で諸芸を修得し、良妻賢母の座を守り通した生涯をたどるうち、私はあることに気づいた。父や兄、親戚、来客についての記述は多いが、一人娘の私はなぜかいっこうに登場しない。あれほど愛情豊かに、娘の衣服はすべて手作りし、進学や結婚に関する私の選択を応援し、『女性と文学』の訳業を最後まで案じていた母なのに、その眼には娘の姿は見えていないかのようだった。そういえば、かつて私の母校を見せようと思い立って東大に案内したとき、母は感激の面持ちでこう言った。「青山先生はここで勉強なさったんだね」と。つまり母の念頭にあったのは娘ではなく、娘婿のことだった。

ところで、『女性と文学』の主題のキーワードは「ヒロイニズム」である。モアズのこの新造語は、ヒロイズムの対極の概念をあらわす。女性であるという自覚に基づき、それを誇りとして生き、発言するという態度を意味する。文学上のフェミニズムともいうべきこの素晴らしい本を訳しながら、私はヒロイニズムとは対照的な母の生涯を思った。母は女であることを不幸、損失、恥辱とさえ受けとめて、何かに詫びるかのように、いつも遠慮と奉仕に明け暮れていた。

更年期にさしかかっていた私は、母の葬儀のあと、疲労と虚脱感の中で、女である自分の存在をどう生きるべきかという問題に、はじめて自覚的に直面した。翌年、『女性と文学』が出版された。

4

私は心身の不調を、荒療治によって乗り越えた。前任校よりはるかに遠い横浜のフェリス女学院大学に公募で転任したのである。二人の子供も成長し、仕事を持つ女としての生き方にもう迷いはなかった。当時の私は授業よりも執筆に熱中し、フェリスにおける七年間の在職中に三冊の単著、一冊の訳書、十八篇の論文その他を世に出すことができた。

男性劇作家シェイクスピアへのアプローチを模索中、一冊の刺激的な本に出会った。J・デュシンベリの『シェイクスピアと女性の本質』(『シェイクスピアの女性像』)である。この本とユーバンクの論文「シェイクスピアによる女性の描写——一九七〇年代の視点」、そして何よりもこれらの筆者が女性であることに触発され、シェイクスピアのヒロインを演技と言葉を中心に考察した最初の単著『シェイクスピアの女たち』が出た。十六—十七世紀の英国における女性の状況、女性観、演劇状況を研究すると、公衆劇場の舞台の女性禁制と演劇における女性の表象との関連が気になった。女役を少年俳優が演じるという英国演劇特有の慣習は、十九世紀の英国女性作家が男性的筆名で作品を発表せざるをえなかった状況とどこか通じてはいないだろうか。こうして私の研究は、英国社会や劇壇の仕組み、女性の立場やジェンダー・イデオロギーの問題へと移っていった。

そもそもシェイクスピアは十七―十八世紀には、今日のように正典中の正典として奉られてはいなかった。庶民出身で大学教育を受けなかった彼は、大衆娯楽を代表する演劇に身を投じ、古典劇の伝統的法則の多くを打ち破って書いたのだ。当時公衆劇場のために書いた劇作家たち、そしてその代表者たるシェイクスピアには、社会の周縁的存在である女性との親近感がたしかにあったといえよう。

一九八〇年ごろから隔年、私はストラットフォード・アポン・エイヴォンで開催される国際シェイクスピア学会に日本からの代議員として参加し、著作を通してしか知らなかった外国の著名な学者と交わるという幸運を得た。これが機縁でシェイクスピア研究の新しい動向に刺激を受け、やがて『シェイクスピア批評の現在』が生まれることになる。アン・バートン、ユーバンク、マフッドはじめ、もっと若い世代の女性研究者たちの学会における活躍はどんなに私を勇気づけたことか。彼女らもそれぞれの母国における性差別や人種差別、また家庭の負担と戦ってきたことを私は知った。

一九八六年に青山学院大学に移った直後、私は『シェイクスピアとロンドン』を出し、次いで前記国際学会で知り合った東ドイツのR・ヴァイマンの名著『シェイクスピアと民衆演劇の伝統』の翻訳に従事した。その後この訳業に触発されて『シェイクスピアの民衆世界』という単著が生まれた。女性と同様、社会でマージナルな位置を占める貧しい庶民、浮浪者、道化らを、庶民出の劇作家がいかに劇化したかを考察したものである。

一九九〇年、かねがねそのオフィーリア論や『女性自身の文学』の切れ味の鋭さに注目していた私は、E・ショーウォルター編の『新フェミニズム批評』の訳書を出版した。モアズが視野に入れていなかった黒人女性の発言が、この時私に突きつけられた。バーバラ・スミスらによる素朴で強烈なフェミニズム文学論を訳しながら、私は自分の中に潜む人種的偏見が今まで彼女らの存在を不可視化していたことに気づいた。

「リ＝ヴィジョン——ふりかえる行為、新鮮な目で見る行為、新しい批判的な方角から古いテキストに入っていく行為」——私は文学の研究者として、常にこの姿勢を自分に課そうと思う。ここまでの私の軌跡をふりかえると、おおむね次のような段階が見てとれる。まず心ひかれる新しい傾向の文学評論の翻訳、次にそれに触発された自分の著作、そして授業や講演を通してそれを学生に伝え、社会に還元するという段階が。

5

私の二つの専攻分野——シェイクスピア劇とブロンテの小説——の一見奇妙な取り合わせについて詳述する余裕はないが、この異質の両分野をつなぐ道はフェミニズム批評しかないと感じてはいたものの、なかなかうまくはいかなかった。前記の経過を経るうち、ブロンテへの私の取り組みも以前とはかなり違ってきた。ジェンダーや階級の問題を抜きにした研究の欠陥を痛感した私は、以前の単著『シャーロット・ブロンテの旅』からさらに視野を広げ、二冊のブロンテ論を公にする機会を得た。一つは『ブロンテ姉妹——人と思想』、もう一つは『ブロンテ姉妹——女性作家たちの十九世紀』である。ヴィクトリア朝の保守的風土における中産階級出身のガヴァネスの一例としての姉妹の苦闘、女性の自己表現、自己確立の軌跡をたどったもので、卒論当時の読み方とはずいぶん違ってきていた。

後者が校正段階にあった一九九四年九月末、三年間の中国留学を終えて帰国した息子が三十三歳で急逝した。当時入試委員だった私は、問題提出期限の直前であり、三週間後にはシェイクスピア学会のセミナーの司会を控え、メンバーとの打ち合わせなど、待ったがかけられぬ状況だった。悲しみに浸る余裕もなく、心はうつろに乾ききっていた。息子の不幸が、彼の誕生前から仕事を続けてきた母親への罰ではないかとさえ感じられ、眠れぬ夜が続いた。

私は心の支えと慰めを求め、喪失体験を持つ人々の記録、いかにして立ち直るかを説く医師や心理学者の本などを読んだ。母、二人の姉、三人の弟妹を次々に失ってもなお生き抜いたシャーロット・ブロンテ、息子の死を契機に作家活動に入ったギャスケル夫人やストウ夫人の例を思い、自分を励まそうとしたが、いずれも有効ではなかった。教室を見渡し、男子学生の中に息子に似た姿を無意識に探す自分がいた。無宗教の私は、ひたすら人間的方法によって切り抜けようとし、仕事の多忙さで心をまぎらそうとした。もはや仕事のない人生は考えられず、実際、仕事と文学のおかげで私は今こうしている。

何ヵ月かがたち、私の冷え切った頑なな心に何の抵抗もなく沁み通っていったのは、不幸な人々の伝記や実録ではなく、たまたま手にした大江健三郎の小説『人生の親戚』だった。二人の息子が同時に自殺するという筆舌につくせぬ不幸を味わった母親の、その後のすさまじい生き方を書いたものである。題の由来は定かではないが、不幸や悲しみは人生につきものである、という意味らしい。

私はこの前年、シャーロット・ブロンテの最後の小説『ヴィレット』の翻訳を終えたところだった。異国で愛する人の帰国を待つ孤独な女が、難破で彼を失ったのちも一人生き続けていくという結末は、『ジェイン・エア』のハッピー・エンディングよりはるかに強く私の心を打つ。秋分を過ぎた太陽、枯れはじめる木の葉、十一月の霧、空に現われる嵐の前兆、死を予告する西風の嘆きの声、七日間吠え続ける嵐、海一面の船の残骸、人々の祈りに対し沈黙を守る神――ヒロインの淡々とした散文詩のような回想の語りは、ブロンテの悲劇的な伝記以上に心に沁みる。私は実録にまさるフィクションの力、文学の力を実感し、文学を専攻することの幸せを知った。

『リア王』の結末には、回復できない喪失の重さが恐るべき力をもって劇化されている。シェイクスピアの悲劇の背後に、作者のいかなる個人的体験があったかは問題ではない。『リア王』以後『アントニーとクレオパトラ』を経て晩年のロマンス劇に至ると、生き残ったものが愛するものの死や別離をいかに受容し、苦悩や悲嘆を生の力へと転換していくのかが追究される。そして劇作家が人間の未来への希望を託したのは、ロマンス劇の若い女性たちであった。かつて『シェイクスピアにおける悲劇と変容』を著わしたころ、私ははるか昔の異国の男性劇作家に感嘆こそすれ、今のような人間的共感や感動を覚えてはいなかった。

ようやく私は自分の魂を救うため、新しい刺激、夢中になれる研究テーマを探す気になった。

今までうまくつながらなかった二つの専攻分野が、ふとした機縁でつながることになった。シェイクスピアと同時代の女たちがいかに生き、苦しみ、書いたか——このテーマを追究しようと決意した私は、早速ルネサンス期英国女性の文筆に関する研究を始めた。

厳しい父権制の桎梏や宗教上の抑圧により生命の危険にまで曝された女たち、多くの子を産み、そのほとんどを幼時に死なせた母たち——女性の識字率の低い中で少数の女が綴った血の滲むような日記、自伝、書簡などの実録が、やがて十七世紀半ばになると世俗詩や散文ロマンス、戯曲など、フィクションの創作へと移っていく。ウルフの知らなかったシェイクスピアの妹たちが、実在してペンをとっていたのである。彼女らの作品の多くは男性の著作と偽られ、あるいは未刊のまま文学史から抹消され、たまに実名で出版されたテキストも回収・絶版などで入手不可能な状況が続いたのだった。その貴重な文筆の跡を甦らせたい、と私は二回にわたり『英語青年』誌に「英国ルネサンスの〈書く女〉たち」の連載を試みた。この試みは「リ＝ヴィジョン——……新しい批判的な方角から古いテキストに入っていく行為」とは違い、死んだものを甦らせ、失われたものを再発見する「リカヴァリ」の作業であるといえよう。将来このテーマを書物としてまとめることができれば、と願っていた私は、二年後この連載に加筆して『ルネサンスを書く——イギリスの女たち』を上梓した。

願わくは若い人々、特に若い女性たちが、文学の素晴らしさを認識し、女性と文学の関わりに思いをめぐらせてくれるなら、まことに幸せである。

第二章　シャーロット・ブロンテと伝統
──『ジェイン・エア』から『滝』へ──

シャーロット・ブロンテは、ジェイン・オースティンを祖とするイギリス女性小説の伝統の中で、普通その伝統に激しく反逆した異端児として、またヴィクトリア朝の社会通念への挑戦者として位置づけられている。彼女の特異な人生経験から生まれた激情の文学は、英文学史上、孤立した情念の燐光を放っているといえる。だが一方、彼女の作品の中でも文学の伝統や社会慣習への反逆精神に最も富むと思われる『ジェイン・エア』が二十世紀も末に近い現在、私たちが気づかぬうちに、イギリス女性小説の伝統の中にしっかりと根を下ろし、「反伝統の伝統」ともいうべきものの開祖となっていること、そして現代イギリス女性作家たちの想像力にとって、偉大なスプリング・ボードになっていることを考えてみたい。

ヒロインのジェイン・エアが、作者シャーロットの魂や人生経験を担い、愛や人生に対する作者の姿勢を全面的に体現する人物であることは、今更いうまでもない。その他の何人かの重要人物、ジェインの生活するいくつかの舞台、多くの印象的なエピソードや場面も、作者の現実の人生をもとにして生まれて来た。例えば男性主人公ロチェスターは、シャーロットのブラッセル留学時代のベルギー人恩師エジェ氏と、親友メアリ・テイラーの父ジョシュアを原型とし、それにシャーロットの少女期幻想作品の英雄像がミックスされて生まれた人物と考えられる。ロチェスターの邸宅ソーンフィールド館にも、はっきりと推定される二つのモデルがある。

だがこの小説の真の面白さは、作者の現実体験に基づくところにあるのではない。むしろ、作者個人の狭い現実体験を中核としながらもそれを想像力によって全く新しいものに創り変え、作者の精神の鮮やかな表現たらしめたこと、さらにそれを、世の全ての女性、全ての恵まれぬ弱者たちが直面する愛や結婚や人生の諸問題へと普遍化し、みごとに芸術化しえたところにある。ジェインは財産にも容姿にも恵まれぬ孤児として育ち、一介の家庭教師として自活するうちに、身分の違う雇主の富裕な郷紳ロチェスターと愛し合うことになる。弱者の典型であるジェインが強者の典型ともいうべきロチェスターとの愛の関係の中で、女性は社会的、経済的、精神的に、そして何よりも人間として、男性と対等であること、あるべきことを訴え、自らこれを実現すべく奮闘していく姿は、世の全ての女性の現実と願望の代表者といえるであろう。この作品が書かれた時代のイギリスの保守的な社会風潮を考えると、ジェインが驚くべく新しい女性像として英文学に登場した第一号であることがわかる。

だがこの小説には、重大な問題点がいくつか含まれている。その一つは、ジェインがロチェスターと最終的に結ばれるまでに、なぜあのような紆余曲折を経ねばならぬのか、ということである。いま一つは、プロットに思いがけぬ偶然の出来事が多すぎるということである。これらの不自然さについて、作者が全く気づかなかったとは考えられない。それにもかかわらず、どうしてもそのように書かずにいられないという点に、シャーロット・ブロンテのかかえる根本問題、作者としての特質があると考えられる。これらの問題点を中心に、シャーロット・ブロンテがイギリス女性文学の伝統の中で占める役割について考えてみよう。

シャーロットは、ヨークシャー高地のへんぴな寒村ハワースの牧師館で育ち、村人からもほとんど孤立したような人生を送った。荒野を歩き弟妹と語り合うという以外には楽しみが少ない環境の中で、読書の好きな彼女は、貪るように多くの本を読んだ。そしてスコットの小説やバイロンの詩、またゴシック・ロマンスなどを含むロマン主義的な文学の影響を彼女が強く受けたことは、少女期の幻想的な習作や成長後の作品からも明らかに見てとれる。これらの読書体験が、少女時代のシャーロットの想像力に、早くも男女の「不倫の情熱」というテーマを根強く植えつけた。シャーロットは、父の蔵書、知人ヒートン家の蔵書を借り、あるいはキースリーの町まで歩いて図書館を利用した。このような意欲的な読書家であったにもかかわらず、彼女は自分より約四十年先輩の優れた女性作家ジェイン・オースティンの小説を不思議なことに三十一歳になるまで一度も読んだことがなかった。

オースティンは、イギリスの田舎の紳士階級を背景に、平凡な日常生活の中での女性の自己認識の獲得が、社会的、経済的、また人間的にも、自分より一段上の立派な男性との結婚に繋がる、という内容の倫理的な風俗小説の伝統を築いた。オースティンの生きた十八世紀末から十九世紀初期にかけてのイギリス社会では、女性の人生の全てが婚約と結婚によって決定されるのが実状だったから、いかなる男性を夫として獲得するかは、女性にとって人生の選択の全ての集約であったといえる。結婚できない女性は、ほとんど無にひとしい存在と見なされた。したがって、ヒロインがよき男性とよき結婚を遂げたところでジェイン・オースティンの小説が終わるのは、当然のことといえるであろう。自らも老嬢として、しかも恵まれた老嬢として生涯を過ごしたオースティンの淡々たる小説世界には、女性をめぐるそのような社会の現実への懐疑や不満や怒りは、ほとんど見られない。しかしシャーロット・ブロンテの作品世界では、結婚は女性の人生の唯一無二の決定要素ではない、と考えられる。この点に深入りすることは今はできないが、とにかく全く異質の作家シャーロット・ブロンテが、偉大な先輩ジェイン・オースティンの作品をどう考えたかについて一瞥を与えよう。

シャーロット・ブロンテがイングランド北方の寒冷なヨークシャー高地で生まれた翌一八一七年、オースティンは南の温暖なハンプシャーで独身のまま静かな生涯を終えた。一八四七年に『ジェイン・エア』が出版された時、文芸評論家ジョージ・ヘンリ・ルイスは、この小説のもつ力強い魅力と、カラ・ベルという筆名をもつ無名の作家の才能にいち早く注目し、カラ・ベル即ちシャーロット・ブロンテと文通を開始した。彼は『ジェイン・エア』のプロットのメロドラマ性を惜しみ、シャーロットへの手紙に「あなたはジェイン・オースティンの小説をよく勉強して、リアリティを正確に描写するよう心がけなさい」と書いた。シャーロットは彼の忠告に従ってオースティンの『高慢と偏見』（一八一三）を読んだが、リアリティとは何かについて、彼女はオースティンともルイスとも違う考えをもっていたため、次のような感想をルイスに書き送ることになった。

あなたはどうしてオースティン嬢をそんなにお好きなのですか。それがわかりません。……私はあなたのお書きになったものを読むまで『高慢と偏見』を知りませんでした。それからそれを手に入れました。ところが、何を私は見出したでしょうか。ありふれた顔の銀板写真式肖像と、こぎれいな花壇や、優美な花々で縁どられ、十分に手入れの行き届いた庭がありました。しかし明るい生々した顔も広々した田園もなく、新鮮な空気も青々とした丘も、清らかな小川もありません。私はオースティン嬢の描く紳士淑女といっしょに、あの人たちのお上品な息づまるような家には住みたくありません。（一八四八年一月十二日）

そして約二年後、シャーロットは、オースティンのもう一つの小説『エマ』（一八一五）を読んだ。その時の彼女の痛烈なオースティン評は、スミス・エルダー社の顧問ウィリアムズあてに書き送られた。

オースティン嬢は、上品なイギリス人の生活のうわっつらを綿密に描いています。その描写には中国的正確さ、微細画の精巧さがあります。しかし、激しいものによって読者の心を波立たすことも、深遠なものによってそれをかき乱すこともありません。……彼女の関心は、人間の眼や口や手足の観察にあり、人間の心情にはその半分も関心がありません。……しかし、目に見えないが激しく鼓動しているもの、血が駆け抜けていくもの、生命の見えざる王座、死の敏感な標的――こういうものをオースティン嬢は無視しているのです。

（一八五〇年四月十二日）

これらの反応からわかるように、シャーロット・ブロンテが小説で表現しようとするリアリティとは、人間を外側から、その社会的側面から把えようとするオースティンの立場を否定し、あくまで人間を個人の心情や情熱の内側から直感的に把握しようとするものである。

そもそも小説とは、リアリティに対する作家の認識を、虚構を通して散文で表現する芸術形式である。簡単に言えば、それは現実めかした嘘なのである。シャーロット・ブロンテは、自らのリアリティ感に忠実に、自分の心情や情熱を託したヒロインの心の内部に入りこみ、そこから小説世界を構築していった。したがって、シャーロットやジェインの心情にとって真実であることでも、それを読者に伝える媒体である虚構が、読者のリアリティ感にぴったり合わないならば、それが作品の問題点となるわけだ。

そこで、私たちにとって小説『ジェイン・エア』の重大な問題点と思われるものを、もう一度具体的に拾い出してみよう。まず、なぜジェインとロチェスターは、年齢・身分・財産の点であれほど距っていねばならないのか。またロチェスターには、なぜあのような妻がいなければならないのか。そしてジェインは、あれほど愛し合うロチェスターを、血を吐く思いをしながら、なぜ振り切ってソーンフィールド館から去って行かねばならないのか。そのような決意をジェインに固めさせるきっかけとして、彼女の逃亡の前夜、彼女の夢に現われた月、「娘よ、誘惑から逃がれなさい」という母の声の主である月とは、いったい何なのか。次に、セント・ジョン牧師の求婚に深く心を動かされそうになった時、どこからともなく聞こえてくる「ジェイン！　ジェイン！　ジェイン！」というロチェスターの呼び声の正体は何なのか。そしてそれを聞いたとたんに、ジェインが一度捨てたはずのロチェスターのもとへ、「寝ぐらに帰る伝書鳩のように」飛んで帰るのはなぜなのか。そしてロチェスターのもとに帰ってみると、彼との結婚の最大の障害だった彼の妻が、火事によっていかにも都合よく死んでしまっており、彼は家屋敷を失い、盲目で不具になっているのはなぜなのか。また、ロチェスターとの結婚生活へのもう一人の邪魔者というべきセント・ジョン牧師も、遠く印度に去ってしまい、結末では、もうすぐ死ぬであろうことが予告されるのはなぜなのか。それらに先立ち、ジェインは思いがけず、会ったこともない叔父から莫大な遺産を相続するが、それはなぜなのか。家庭教師時代のジェインが、女性にも男性と同様に才能を発揮する場や機会が必要であると叫ぶ有名な場面があるが、そのようなジェインが結末で、ファーンディーンという人里離れた屋敷にロチェスターと二人で隠棲し、夫に奉仕するだけの生活に満足できるのだろうか。――『ジェイン・エア』とは、このような疑問を次々に感じさせずにはおかぬ問題提起の小説なのだ。

ジェイン・オースティンなら、読者を納得させる形でやすやすと実にスムーズになしとげたと思われるヒロインのよき幸せな結婚を、シャーロット・ブロンテは、このように数々の障害をあらかじめ作り出し、しかもそれらの障害を数々の無理によって、つまりあまりにも偶然に依存するプロットの強引な展開によってしか、解決させることができなかった。それはすなわちシャーロットが、女性の自我と結婚との両立、激しい情熱と社会の掟との両立が、女性の人生においていかに困難であるかを、強く自覚していたからといえるであろう。またブロンテの時代の女性の問題と、それへの女性の意識が、オースティンの時代に比べて、より複雑で困難になっていたからでもあろう。

シャーロット・ブロンテの場合、あまりにも嘘めいたこれらの嘘は、単に小説を面白くするためとか、結末を何とか完結させるための技法上の必要である、とはいえない。実は、彼女の個人的心情、作家としての意識にとっては、これこそが人生のまぎれもない真実——つまりリアリティ——であると思われていたのである。遥かかなたからロチェスターの「ジェイン！ジェイン！ジェイン！」という呼び声が聞こえてくる場面は、『ジェイン・エア』の多くの問題点の中でも最も悪名高いものと一般に考えられているが、後年ある読者がこの場面の信じ難さをシャーロットに向かって批判した時、彼女は声をひそめてこう答えたのである。「でもあれは本当なのです。本当にあったことなのです」と。ギャスケル夫人は『シャーロット・ブロンテの生涯』の中にこのエピソードを記録しているが、これを読む私たちは、シャーロットがハワースの牧師館の窓に吹きつける風の音の中に、遠く海の彼方ブラッセルからのエジェ氏の呼び声を実際聞いたのかもしれない、と想像せずにはいられない。いったい何が本当で、何が嘘なのか——人生の現実に対する認識のし方は、一人一人根本的に違うのではなかろうか。

『ジェイン・エア』という小説の鍵は、このような一見無理だらけの話を嘘と知りつつ読む私たちが、なぜあのように引き込まれ感動するのか、ということなのである。シャーロット・ブロンテは、国教会の牧師の娘として、しかも母や姉たちを失った一家の大黒柱ともいうべき長姉の立場にあって、堅固な宗教心と厳しい倫理観をもっていた。その一方、生まれつきの奔放な想像力とエジェ氏への思いを通して掻き立てられた激しい性愛への渇望をもっていた。前述のように、シャーロットはロマンティックな傾向の強い読書体験によって、少女時代から、男女の不倫の愛というテーマに強く魅せられていた。そして皮肉なことに、成長後の彼女の現実体験においても、留学先ブラッセルで彼女の激しい片思いの対象となった恩師エジェ氏は、まるでシャーロットの少女期の幻想作品に登場する男性人物たちのように、彼女よりずっと年上で妻子のある外国人であり、彼への思いは通常の結婚という形で到底実らせ得ぬことがはじめからはっきりしている、いわば不倫の愛であった。他方シャーロットは、家庭環境その他から、女性の社会的、経済的、精神的自立の必要性と男女不平等への怒りを強く感じていた。作者自身のかかる現実から、あのような小説が生まれ出たことは、いわば当然であるといえよう。

シャーロットは小説世界において、男女主人公に不倫の愛を決して許してはならなかった——彼女自身が血を吐くような思いで、妻子あるエジェ先生への激しい愛を断ち切らねばならなかったように。またジェインよりずっと年上で、身分も財産も上であり、傲慢な精神をもつロチェスター、はじめはジェインを情婦扱いしようとしたロチェスターを、そのままの状態で、誇り高いジェインと結婚させるわけにはいかなかった。社会的、経済的、精神的に男女平等の基盤に立ち、神の前にも人の掟の面でも恥じることのない公明正大な愛、同時にエジェ氏への思いを小説世界の中で遂げずにいられぬ願望——この二つを探求するシャーロット・ブロンテは、ついに強引ともいえるプロット展開によって、あのような結末を創り出す。すなわち、男女平等どころか、ジェインをロチェスターより上位に置き、妻と家屋敷とを失い傷つき盲いた彼を、金持ちの彼女が夫として選びとり、彼をいたわり導くという結婚生活を描き出すのである。このような結末によってシャーロット・ブロンテは、一方では不倫の愛、他方では社会的にも宗教的にも容認される結婚という相反する二つのものを辛うじて結びつけ、さらに欲深くも、男女の新しい関係へのかねてからの自分の理想をも、これに盛りこもうとしたのであった。

このような愛のかたち、結婚のかたちが、ジェイン・オースティンの小説に見られるものと非常に異なることは、いまさら言うまでもないであろう。シャーロット・ブロンテにとって重要な難問だった不倫の愛と結婚との矛盾、女の自我と愛との相剋関係は、ジェイン・オースティンの作品世界には存在しないものであった。それらの問題を考えてみる時、「愛とは何か」「結婚とは何か」「男と女の関係とは何か」「女の人生とは何か」、広く言えば「現実とは何か」について全く違う認識をもつ現代の作家が、もしも『ジェイン・エア』と同様の題材を扱うとしたら、全く異なる作品世界を創り出すことは当然であろう。

例えばジーン・リースという二十世紀イギリスの女性小説家は、自分が西インド諸島ドミニカの出身であるためか、ロチェスターの妻バーサが同じく西インド諸島ジャマイカ出身であることに関心をひかれ、『ジェイン・エア』の改作版ともいうべき小説を書いた。すなわち『広い藻の海』（一九六六）という作品であり、それは『ジェイン・エア』を、ロチェスターの妻バーサの視点から書き直したものといえる。それは、バーサがロチェスターと結婚する前の無邪気な少女時代と、結婚してから発狂し密かにソーンフィールド館に連れてこられる狂女時代の両方を扱い、無垢な一人の女性がいかに悲劇的な結婚生活を送り悲劇的最期を遂げるかを書いたものである。『ジェイン・エア』の物語を、監禁された狂気の妻の視点から見直せば、全く違う現実が見えてくることは当然であろう。またもう一人の現代イギリス女性小説家ドリス・レッシングが、『四つの門の市』（一九六九）の中で、ヒロインのマーサと彼女の恋人の妻――バーサのように三階の一室ではなく、地下室に監禁されている女性――とが、共に手を携えて男から逃亡する物語もまた、おそらくは『ジェイン・エア』の改作版といえるかもしれない。作品の芸術的価値の問題は別にして考えても、一つのリアリティにはさまざまの側面があるゆえに、あるいは、もともと「一つのリアリティ」などというものは存在しないゆえに、シャーロット・ブロンテが創り出した『ジェイン・エア』のリアリティがそのまま、時代や価値観を異にする人々のリアリティ感を満足させることはできないであろう。特に現代の社会では、さまざまの価値観が対立し、女性の生き方や恋愛・結婚への考え方が、実に多様化している。例えば、真の愛が、また女性の真の幸福が、結婚生活の中にだけあると考える人が、いったいどれほどいるだろうか。

そのことを踏まえながら、現代イギリスで最も目ざましい活躍を見せる女性小説家の一人マーガレット・ドラブルが『滝』（一九六九）という小説において『ジェイン・エア』を下敷きにしつつ、いかにそれを変え、それを超えていこうとしているかを見ることにしよう。ドラブルはかねがね、イギリス女性小説の伝統を自分がいかに継承するかを、強く意識して創作活動を行っている作家である。

まず『滝』のヒロインである詩人は、おそらくジェイン・エアを意識して、「ジェイン」という名が与えられている。ジェインは、オースティンの小説によく描かれる田舎の中産上層階級の俗物主義的環境に育ち、そのような環境に強い嫌悪を感じている。彼女は固苦しい両親との生活から逃がれるために、愛もないのに音楽家の男と結婚し、二人の子供をもつ。しかし二人目の子が生まれる直前、夫は彼女を棄て、別の女のもとへと去る。ジェインは一人で出産するが、そこへ従妹のルーシーとその夫ジェイムズが見舞いに来て、ジェインが回復するまで代る代る泊りこみ彼女の世話をしてくれる。やがてジェインは、ジェイムズとごく自然ななりゆきで愛し合うようになる。ジェイムズは中産階級出身とはいえ、ジェインよりも下層の生まれであり、自動車狂でスピードが生き甲斐という点でも、詩人ジェインとは全く異質の人間である。ある時二人はジェイムズの運転する車で北欧旅行に行き、途中で彼は事故のため瀕死の重傷を負う。この事件によって、二人の関係は彼の妻ルーシーに知られてしまう。だが実はルーシーも、以前からジェイムズとの結婚生活がうまくいかず、別の男と情事をもっていたので、従姉と夫との背信行為をそれほど深刻には受けとめない。ジェイムズはやがて回復する。ジェインの夫は彼女のもとに帰らず、また彼女と離婚しようともしない。ルーシーの情事もそのまま。そしてジェインとジェイムズも今まで通りの関係の中で、結末ではジェインは避妊薬を服むことさえやめて、いわば開き直った姿勢で、結婚とは無縁の愛のかたちを保っていくことになる。

ところで、ヒロインの従妹で、夫あるいは婚約者をヒロインに奪われるルーシーという名の女性は、ジョージ・エリオットの小説『フロス河畔の水車小屋』にも現われる。しかしエリオットのルーシーの場合、婚約者を奪われそうになる寸前に、ヒロインであるマギーが身を引くことになる。とにかくドラブルが十九世紀のイギリス女性小説の伝統をいかに強く意識して『滝』を書いているかは、ジョージ・エリオットのこの小説を念頭に置いていると思われる他に、ジェイン・オースティンの小説にもたびたび言及していることからも明らかである。

だがここで注目したいのは、ドラブルがオースティンやエリオット以上に、シャーロット・ブロンテの『ジェイン・エア』を強く意識している、ということである。ヒロインの名前ジェインは、ジェイン・オースティンのジェインではなく、また『高慢と偏見』のジェイン・ベネットのジェインでもなく、ジェイン・エアに依拠していることは間違いないと思われる。またこの小説の語りの手法は、やはり『ジェイン・エア』のそれを意識しつつそれを超えようとしている、と考えられる。すなわちそれは、章ごとに、またある一つの章の中でも、ジェインによる一人称話法と、ジェインの視点を通しての三人称話法とが交互に用いられるというユニークなものであり、これがヒロインの心情の内部の主観的描出と、ヒロインの置かれた外的状況の客観的描写との両方を可能にし、ジェインを中心にした狭い世界を立体的に、実に自然なリアリティをもって浮き彫りにすることに成功している。

ここで『滝』の第三章のはじめの部分を検討してみよう。

嘘、嘘ばっかり、みんな嘘、嘘で固めたみたい。わたしはありもしないことまでいってしまった。そんなことだけはしないつもりだったのに。わたしは錯覚を起こさせようとしただけだったのに。わたしは似たものを示すつもりだったのに。それなのにもっとひどいことをしてしまった。わたしは違ったものを示してしまったのだ。わたしが示そうとしたのは何だったか。一つの情熱、一つの愛、この世のものならぬ生活、不安も罪悪も死体もあの罪のしるしの信夫翁《あほうどり》も罪も疲れも、痛みふくれた触れてはならぬ乳房も、血を流す子宮もない無垢の世界、キリスト以前の人々、洗礼前の幼児のおもむくあの罪も許しもない辺土、誰も知らぬほどの堕落、腐敗、死んだ人間の生命《いのち》から生まれ、チューリップのようにわたしの死んだ下腹から生まれたにせよ、ひたすら純粋な愛の花、それだけをわたしは描こうと思ったのだ。読者よ。わたしは彼を愛したのだ。シャーロット・ブロンテもそういったように。だがどちらがシャーロットの男だったのだろう？　彼女が創造し、あこがれ、そのために泣いた男の方か、それとも彼女をものにし、彼女を死に追いやったあの憐れな副牧師、彼女の性の秤り、彼女の性の相手の方だったのだろうか。わたしはジェイムズを手に入れた。神よ、わたしは彼を得たのだ。だがその所有の状態はわたしにはどう書いたらいいのか。その術がないのだ。わたしが彼とともに生きた世界、埃っぽいヴィクトリア朝風の家、スポーツカー、競技場、修理工場、広いベッド、それはわたしには一種の外国、心のなかにあるブラッセルだった。そこでわたしは欲望のために震え、溜息をついたのだった。わたし、この結婚した女、二児の母が、貴族の孤独な処女のような絶望に悩んだのだ。読者よ、わたしは彼を愛した。それだけではない。わたしは彼を手に入れたのだ。彼は現実のものだったのだ。誓ってもいい。わたしはほんとうの孤独に身をまかせ、そのなかで彼を得たのだ。（ペンギン版、八四ページ、傍点引用者）（鈴木建三訳）

ドラブルは『滝』の第一章で三人称の語りを、第二章で一人称と三人称を両方試みたあと、上の引用のように第三章では再び一人称に戻り、語り手であるヒロインのジェインに、今まで語ったことを「嘘」として反省させている。ドラブルは語りの諸手法への自意識的な試行錯誤を通して、彼女の小説世界におけるリアリティの構築に挑戦しているのである。だが、問題はそれだけではない。『ジェイン・エア』の最終章の冒頭で、ジェイン・エアが、「読者よ。私は彼と結婚した」と誇らしげに読者に告げる有名な言葉を利用して、「読者よ。わたしは彼を愛した。それだけではない。わたしは彼を手にいれたのだ」と自分のジェインに言わせている。さらにドラブルは、シャーロット・ブロンテが恋い焦がれながら自分のものにできなかったブラッセルの男、妻のある年上の外国人エジェ氏のことに触れる。また、シャーロットの晩年の結婚の相手である副牧師ニコルズのことにも触れる。そしてシャーロットが現実に自分のものにできなかったエジェ氏の代わりに小説の中に創り出したロチェスターという男の存在理由、またロチェスターとジェイン・エアをせめて小説世界の中で結びつけるためには、邪魔になる彼の妻やもう一人の求婚者をも抹殺・追放せねばならぬとする作家ブロンテの必然性を、ドラブルはここで再吟味しているのである。

ドラブルのジェインは、ブロンテのジェインのように清らかな処女ではない。彼女は愛のない夫と離婚することもかなわぬ妻、そして二児の母であり、しかも出産後間もなく、血で汚れたまま、痛みふくれた乳房のままの体で、従妹の夫との愛に身をまかせた女である。しかしドラブルは、そのような愛を、シャーロット・ブロンテのように罪とは呼ばない。それどころか、「ひたすら純粋な愛の花」と呼んでいる。ドラブルのジェインは、同じ中産階級とはいえ恋人ジェイムズより上の階層の生まれであるから、住み込み女家庭教師と雇い主の郷紳という身分や財産の距りを、ジェインの遺産相続という偶発手段によって跳び越えさせ、男女の平等を強引に成立させるという必要性も存在しない。『ジェイン・エア』ではロチェスターの妻は死に、セント・ジョンは去って行くが、ドラブルの小説では、恋人たちにとって、邪魔者の立場にあるルーシーも、またジェインの夫も健在であり、そのまま生き続けていく。それだけではない。ドラブルは、ソーンフィールド館の火事に相当するかのような自動車事故をわざわざ創り出し、ロチェスターが大火傷を負ったように、ジェイムズに重傷を負わせておきながら、ブロンテとは全く違う結末を引き出すのである。すなわち彼女は、ジェイムズを死なせも、性的不能にもさせず、またロチェスターのような不具にもさせないのである。次に、『滝』の結末に近い二つの部分を考えてみよう。

別に最後の結びというものがあるわけではない。死というものは一つの答えになったかも知れない。でも誰も死にはしなかったのである。たぶん、わたしはジェイムズが事故で死んだことにしたほうがよかったかも知れない。そうすれば、見事な終わりを作ることができたかも知れない。

女性的な結末?

あるいは、ジェイムズをこの物語のなかだけでも、ひどい不具にしてしまえばよかった。そうすれば、ジェイン・エアが、元の妻のせいで盲目になったロチェスターを自分のものにしたように、彼を自分のものにすることが許されたかも知れない。でも、わたしは到底そんなことをする気になれなかったのだ。そんなことをするには、彼を愛しすぎていたのだ。それにどちらにせよ、そんなことはほんとうではないのだ。ほんとうは彼は癒ってしまったのだから。彼がリハビリテイションのための療養所からもどって来た時、彼はその事故の細部を実にこまかく説明するという、いささか人を退屈させる癖以外はあらゆる怪我がすべて癒っていた。彼は彼の怪我の量とか場所とかが実にくわしく列記してある、保険のために作られたぞっとさせるような記録を見せびらかすのが好きだった。だがこの程度のことなら、我慢するのに、たいしたヒロイズムがいるわけでなく、こんなものはジェイン・エアが堪えなければならなかったものとくらべればなんということでもない。　（一三〇―三一ページ）

わたしたちはあの時、死ぬべきだったのだ。ジェイムズとわたしは。こんなふうにいつまでもぐずぐずと生きつづけているのはまったくもって非芸術的な話だ。それにこれは倫理的でもない。とにかく、わたしはいつもそういっているのだが、倫理的でなくて、芸術的であるなどということはあり得ないことなのだ。それにふさわしい結末がこれにないなどというのは実に妙なことだ。それさえなければこの事件全体は非常にうまく組立てられていて、交響楽のように見事に調和しあっているので、わたしは時々、あるメカニズムがうまく動いているような、そしてわたしはただ人間関係に関する教科書の型どおりを生きているような気がしたぐらいなのだ。ただその型はまだ完成していないだけで、毎月毎月、何か新しい組合わせ、なにか新しい反省を投げかけてくれたあの機械は、四十年にもわたる辛く複雑な労働ないしは近づくこともできない、想像を絶するほどの巨大な効果、壮大すぎ、詩的正義に満ちたフィナーレを求めているのだ。

わたしはまた、自分の本を出版しようとし始め、ジェイムズはまた運転をはじめた。こういったわけで二人とも自分の興味を持つようになったのだ。わたしたちの冒険が悲劇ではなく喜劇へと溶解していった今となって、わたしが一番気にしていることは、その経済的な面である。

（二三二―三三ページ）

この引用から明らかに読みとれるように、ドラブルは、シャーロット・ブロンテにとって至上命令であった小説の倫理性と芸術性との関連をブロンテとは違った見方によって再考しようとしている。

翻って『ジェイン・エア』の最終章を見直すとき、私たちはドラブルの小説との際立った違いに気づかずにいられない。「読者よ。私は彼と結婚した」というジェインの言葉で語りはじめられるこの章は、章の題が「結末」であり、章の最後が「終わり《フィニス》」の語で締めくくられていることでも明らかなように、『ジェイン・エア』という小説を完結させる使命を帯びている。当然のこととしてそこでは、ジェインやロチェスターにとって身近だった人物たちの近況が、この二人の新婚生活に全て好都合な形をとって次々に報告される。そして最後に、インドで伝道に従事するセント・ジョン牧師からの、彼が近く神に召されるであろうと思わせる手紙が紹介され、この小説における人間の愛と神への奉仕との問題に、もう一度焦点が当てられて、締めくくられる。

これに比べてドラブルの『滝』では、ジェインとジェイムズの愛のかたちにも、また小説自体にも、明快な整合性やすっきりした完結性は与えられていない。それはおそらく、人間や人生、愛や結婚の現実に対するドラブルの認識のあり方によるものと思われる。『滝』の結末近く、ジェインが、傷も癒えて元気になったジェイムズと連れ立って、ヨークシャー山岳地帯のある滝を訪れる場面がある。彼らは、初夏の週末のそのハイキングのあと、マンチェスターのホテルで一泊し、ジェインは避妊薬を服むことさえやめて、ジェイムズとの苦しい不倫の愛を、そのまま受け入れ続けていく覚悟をきめるところで小説は終わるのである。

ところで二人が訪れる滝、またこの小説の題にもなっている重要な滝は、いったいどこにある滝なのだろうか。実はこの滝もまた、シャーロット・ブロンテや『ジェイン・エア』と間接的ながら関係があるように思われる。ドラブルの説明によると、その滝は、ヨークシャーのペナイン山脈のゴアデール・スカーという名所にあり、しかもエア川の源流なのである。さらに彼女はジェインに、「それはわたしとかジェイムズとかとはちがって、リアルな、ほんとうに存在しているもので、しかも崇高さの一つの規範なのだ」とも語らせている。ドラブルの故郷はヨークシャーのシェフィールドであり、それはブロンテの故郷ハワースからそれほど遠くはない。そのドラブルが、自分の小説で、恋人たちの愛にとって重要な、象徴的といってよいほどの役割をもつ滝の場所を、ハワース同様ペナインズの一部に設定したことには、深い意味があると思われる。しかも、ハワースに近いエア（Aire）川という実在の川の名はシャーロット・ブロンテに、ジェイン・エアというヒロインの名前のヒントの一つを与えたのだった。ドラブルは、このエア川と滝とを関連づけ、彼女のジェインに滝を登らせ、恋人と共に高みに坐らせ、足もとに「心のやすらぎ《ハーツ・イーズ》」という野生の三色すみれを発見させる。

もう一度シャーロット・ブロンテに戻ろう。シャーロットは、ブラッセルでの苦しい情熱体験に基づく小説を四つ出版して有名作家になったあと、例の「副牧師」と結婚した。彼女は自分が創造したヒロインのジェイン・エアのように情熱と結婚とを一致させることはできず、情熱体験の終わったあとも生き続け、別の男と平凡な結婚をしたのであるが、人生の現実とはそのようなものなのであろう。シャーロットは結婚後まもない冬のある日、現在「ブロンテ滝」と通称される近くの滝まで夫と共に散歩に行き、激しい雨に遭った。彼女は、この時悪性の風邪をひき、妊娠中だったためもあって、それが原因で死亡した。このブロンテ滝は、エア川そのものではないが、エア川の支流の一部なのである。

シャーロット・ブロンテの現実の人生で彼女の死の原因となった滝は、彼女の死の約百十年後に、ドラブルの小説の中に、そのヒロイン、ジェインの愛の形象として新しい役割を担って登場した。そして、ジェイン・エアがロチェスターとの結婚によって捨ててしまった女性の才能の発揮の場という問題は、ドラブルのジェインという女性詩人によって受け継がれる。彼女はジェイムズの交通事故ののち、以前よりもよい詩を書けるようになり、自分の本を出版して生きていくのである。

ここに至り私たちは、反逆の作家シャーロット・ブロンテとその代表作『ジェイン・エア』が、今やイギリス女性小説の伝統の一部となり、女性の生き方について、女性の自我と愛と結婚という永遠の問題について、現代の、また未来の作家たちの想像力に、尽きることのない新しい刺激を与え続けることを、忘れてはならないであろう。

第三章　『ヴィレット』における女ひとりの演技空間

1

ヴァージニア・ウルフはかつて評論『私だけの部屋』において、『ジェイン・エア』の有名な一節を引いて、シャーロット・ブロンテを次のように批判した。

「誰が私を咎めようというのか？　きっと、多くの人が咎めるに相違ない。私のことを、不平家だと言うだろう。だが、だって私は、どうしようもない。私の焦燥は生れつきなのだ。ときには、苦しいまでに心がみだれることもある……。

人間は、平穏な生活で満足すべきだ、と言ってみたところで始まらない。人間は、活動を求めずにはいられない。活動が与えられないときには、みずから作り出しさえする。私よりももっと静かな生活に運命づけられている人たちが、数知れずいて、数知れぬ人々が、自分の運命に無言の反抗を試みている。この地上に住む無数の人々の中に、いかに多くの反逆の焔が燃えさかっているか、誰が知ろう。女は普通、きわめて温和であると考えられている。だが、女とて、男と全く同じように、感情がある。女も、男の兄弟たちと同じく、その才能を働かせる機会と、その活動の舞台が必要である。女があまりにも厳しい束縛とあまりにも甚だしい沈滞のために苦しむのは、男の場合と全く同じである。女は、プディングを作ったり、靴下を編んだり、ピアノを弾いたり、袋物の刺繍をしたりするだけで満足すべきだと、女よりも特権のある同じ人間の男たちが言うのは、狭量である。ただ習慣上、女に必要だと言われていること以上に、女が仕事をしたり、物を学んだりしようとするのを見て、女を非難し、女を嘲笑するのは、思いやりがない。

かようにひとりでいる際、私がグレイス・プールの笑い声を聞いたのは、決して一度や二度ではなかった。」

この転換は不手際だ、と私は考えた。いきなり、グレイス・プールをもち出されては、読者も途方にくれる。話の連関がみだされてしまう。

（西川正身・安藤一郎訳）

と。ヴィクトリア朝の女性が置かれた不自由な状況へのシャーロット・ブロンテの憤懣が、このとき彼女に作中人物について書くことを忘れさせ、自分自身について書かせてしまった――これが「芸術家」ウルフによる批判の趣旨であった。ウルフはまた別の評論『普通の読者』の中で、シャーロット・ブロンテとエミリ・ブロンテの作風を比較して、前者の作品は、「私は愛する」「私は憎む」「私は苦しむ」というように「私」にとりつかれているが、『嵐が丘』には「私」も「女家庭教師」も「雇主」も存在せず、「全人類であるわれわれ」と「永遠の力であるあなた」を通して一つの世界の分裂と統合が示される、と述べた。

『ジェイン・エア』をはじめシャーロット・ブロンテの諸作品に顕著な女性の自我への偏執、いわば女性の「自分だけの空間」の追求は、ウルフがシェイクスピアやジェイン・オースティン、また別の意味でエミリ・ブロンテに見出したところの「あらゆる障害を完全に燃焼しつくした」ゆえに生まれ出る普遍性や没個性とは、たしかに明らかに異質のものである。シャーロットが幼時より十数年間にわたって、弟妹と共に、また時には一人で没頭した空想遊びとその膨大な量の物語は、ブロンテ家の子供たちによる「自分だけの空間」の追求を推察させる。だが同じ空間を所有したはずのエミリもアンも、成長後のそれぞれの作品において、シャーロットの場合のような自己の女性空間への執拗な執着を示してはいない。エミリの「自分だけの空間」はきわめて強固であるが性差を超越しており、シャーロットのそれよりも遥かに自足的であって、普通の意味で「女性的」とはいえないであろう。

幼時に母を、そして学齢期には敬愛の対象だった二人の姉を相次いで失い、一家の長女の立場に置かれたシャーロットは、人一倍強い責任感と義務感ゆえに、現実生活の中では自分の淋しさを解放するすべを知らず、それどころか弟妹たちを教え、導き、慰める務めに自分を縛りつけた。彼女には、閉塞的な日常への不満、孤独感や苦悩、愛――とりわけ性愛――への燃えるような渇望を満たすための幻想空間が、是非とも必要であった。

思春期の訪れと共に自分の容姿への劣等感を異常なまでに募らせたシャーロットは、成長過程において彼女の意識にとりつき増幅していったいくつかのコンプレックスの複合体であった。少女期の白昼夢の物語にすでに見られた、父親・君主・教師的な圧制的男性に対する、年若く時には卑しい身分で孤独な境遇にある女性の渇仰というパターンは、シャーロット・ブロンテの場合、おそらく亡き母の愛への飢餓感、不在がちの厳格な父への激しい憧憬、甘えさせてくれる兄や姉をもたぬ淋しさや頼りなさなどが、彼女の空想癖やロマンティックな傾向の甚だ強い読書体験に拍車をかけて生まれたものといえよう。

ところで、不倫の愛への誘惑、それへの耽溺または拒否、激烈な性的情念への埋没――これらはシャーロットの少女期幻想作品の文学上の重要テーマであるが、それらと酷似した現実体験が成長後の彼女に実際に起こったことは、単なる偶然の一致であろうか。いや、むしろ次のように考えるべきであろう。シャーロットが二十五―六歳になってからブラッセルに留学し、言語、慣習、宗教などの精神的風土を異にする異国の女子寄宿学校に身を置いた時、彼女が故郷の我が家におけるそれとは比較できぬほど絶対的な孤独と不自由に直面したことはいうまでもない。その時彼女は、かつて決別したはずの「自分だけの空間」に代わる新しいそれを、是が非でも創り上げねば生きていけなかったであろう。ブラッセル滞在初期における彼女の期待や抱負がどのようなものであったにせよ、容姿の美や健康、社交性や適応能力を欠き、ベルギーとベルギー人への抜きがたい偏見にとりつかれていた英国人老嬢が、厳しい現実の壁に直面してさまざまの挫折を味わった時、彼女にとって唯一の理解者と感じられたベルギー人の男性、七歳年長で妻子をもつ優れた教師、しかも女校長の夫であるコンスタンタン・エジェに対して、敬愛と憧憬の感情が急速に募っていき、彼を「自分だけの空間」に引き入れて、教師姿のザモーナ公に化してしまったとしても、不思議ではないであろう。

そもそもシャーロットのブラッセル留学の動機にしてからが、現実の制約の中で何とか「自分だけの内面空間」を保ち続けたいという姉妹の願望と関係があった。シャーロットが以前二度にわたって体験した住み込み家庭教師の職は、ヴィクトリア朝英国の中産階級出身の独身女性が当面する諸体験の中で、最も甚だしい辛苦と屈辱に満ちたものであった。だが、——出身校ロウ・ヘッドにおける学校教師の生活の場合も同様であるが——シャーロットの最大の苦しみは、現実の仕事に伴う苦労というよりも、見知らぬ人々、自分への理解や共感を示してくれぬ人々との生活の中で、「自分だけの空間」を保持し得ぬことにあった。

学校教師・家庭教師の生活に疲れ果てたシャーロットが、自分自身の学校を設立・経営しようと思い立ち、妹たちを語らってその大胆な計画を軌道に乗せるためにめざましい積極性を発揮したのは、ハワースの牧師館に「自分だけの空間」としての寄宿学校を現実に創り出したい一心からであった。彼女の身近には、母校ロウ・ヘッドの校長ウラー女史という尊敬すべき手本があった。その計画の実現に必要な資格を取得するため、シャーロットはあまり気の進まぬようすのエミリを伴って留学したのであるが、その準備段階で彼女が示した周到強靱な実行力は驚くべきものであった。以前からブラッセルに留学中の友人メアリ・テイラーをはじめその他の知人への問い合わせ、パリをも含む留学予定地や学校の調査と選定、必要経費の調査と調達、父や伯母への根気強い説得――これらの煩雑な実務は、シャーロットの忍耐強さと賢明さにより一つずつ解決された。当時のシャーロットの書簡に見られるこれらの経緯は、彼女の勇気に富む緻密な現実性を証明する半面、彼女や妹たちが生き抜くためには現実社会に即応した「自分だけの空間」を築き上げげそこに住む以外にない、と思い定めたシャーロットの熱望を推察させるものである。少女期の白昼夢の世界においても、成人後の現実世界においても、弟妹の先頭に立って痛ましいまでに活動するシャーロットのエネルギーの源は、他ならぬその熱望であった。

姉妹の中で最も普通の意味の女らしさをもつシャーロットは、慣習的な女らしさの概念に縛られて苦悶し、それからの脱出を求めて足掻き、女性の心身の欲求に衝き動かされて焦慮する人であった。自らの女性としての体験や心情への執着からいかにして自分を解き放つか、あるいはそれが不可能なら、せめてそれを自己確立のためにいかに生かすか――それが彼女の人生のみならず文学上の課題となった。これに対してエミリは、「男性でも異常な、女性には実に稀な論力」ゆえにエジェに認められ、「彼女は男に、偉大な航海者になるべきだった」と彼に言わしめた、いわば男性的な精神の持主であった。彼女の女主人公キャサリンが「ヒースクリフは私自身なの」と断言するとき、男性主人公ヒースクリフと、少女の「胸のうちなる神」とは同一存在なのであった。『嵐が丘』の世界がエミリの「自分だけの空間」であるとすれば、それはいわば男女の別を超えた、あるいは元来アンドロジナスな全き空間であった、といえるであろう。だが、シャーロットのあまりにも女性的な内面空間が充足するためには、何らかの形で男性性が補われねばならない。

彼女の生涯で最大の事件というべきブラッセル体験は、一方では永遠なる男性像エジェと彼への渇望、他方では社会的・経済的・心情的自立を目ざす女性の現実意識と関わりつつ、シャーロットの四つの公刊小説全ての基盤となった。いずれもブラッセル体験のヴァリエーションといえる各作品において、同様の主題を展開する上で鍵となる視点・話法をシャーロットがいかに操作したかを考えてみると、いずれの場合が最も有効かという問題はさておき、彼女が「自分だけの女性空間」を、手を変え品を変えて文学化することに執拗にこだわり続けた作家であることがわかる。

即ち、シャーロットは、多数の少女期習作や、出版を意図した最初の小説『教授』においては、男性人物による一人称話法を用いた。第二作『ジェイン・エア』では女主人公による一人称話法、次の『シャーリー』では三人称による全知的話法を試み、最終作『ヴィレット』では再び『ジェイン・エア』と同じ話法に戻った。このような視点・話法のさまざまな試みは、シャーロットの場合、文学技法上の問題というだけではない。それは、学校経営の計画にも挫折した今、もはや文学によってしか「自分だけの空間」を維持する途がないことを知った彼女の、生への必死の努力の現われであった。それはまた、女性としての自分のアイデンティティ、男性との関係、社会や家庭における女性の生き方を、文学において探求するために欠くべからざるものであった。強い他者への憧れという女性的渇望と、強い自己を確立することへのいわば男性的努力——この両方をせめて作品世界においてにせよ結びつけること、これがシャーロットの課題であった。

『教授』では、シャーロットの体験と心情は、ブラッセルに渡った多分に女性的な英国人男性主人公クリムズワースに托される。他方敬愛する教師である彼と結ばれ、夫の助力を得て自分の学校を運営する女主人公フランシス——伝統的な女らしさに雄々しい自立意識と勤労精神をもつヨーロッパ大陸の少女——には、愛と自立を二つながら成就する女性の生き方へのシャーロットの願望と理想が托されている。

『ジェイン・エア』と『シャーリー』の舞台は英国に移されるが、ヴィクトリア朝英国社会における女性の閉塞的状況に対する作者の発言の中に、ブラッセル体験が見え隠れしている。『シャーリー』の二人のヒロインが、シャーロットが女性人物に托そうとした女性意識と女性体験の二面性を分かち担っていることは、一目瞭然である。「男性的」なシャーリーが、シャーロットの願望と理想を托された自立した女性像であるとすれば、伝統的な女性らしさに富むキャロラインは、作者の苦痛に満ちた現実体験と心情を体現する。両者の恋人である対照的なムア兄弟、とりわけ雄々しい女主人公シャーリーに配された女性的な男性主人公ルイ、そして彼らの師弟・愛人関係の奇妙さは、この問題に関するシャーロットの痛ましいまでの模索の迷路を推察させるものである。『ジェイン・エア』は、まず女性の内なる情念の充足、次いで外なる社会における女性の経済的自立、男女関係における心情的自立――これらに関する作者の貪欲な理想の全てを分裂させずに一身に担い得る、雄々しくも女らしいヒロインの創造に成功した。だが問題は、依然として残る。なぜなら、これらの作品全てが――『ジェイン・エア』でさえ――（女）主人公の愛への渇望と自立への熱望を、愛する人との結婚という結末によって収束する形をとるため、時には強引なまでの偶然依存のプロットを展開させるだけでなく、結婚生活の内外における女性の自我や職業の問題は、婚礼のめでたい鐘の音の中に埋没または消散してしまう、という感が否めないのである。

2

シャーロット・ブロンテは、『教授』に対する各出版社からの度重なる出版拒否にもめげず、

『ジェイン・エア』によって一躍有名作家の仲間に入ってからも、『教授』に加筆して出版したい、という希望を捨てきれなかった。それは普通、『教授』の出来栄えへの自信とか、自作――とりわけ処女作――への愛着として説明される。だが、実はシャーロットのような作家にとっては、『教授』は、ブラッセル体験を直正面から取り上げた作品であるからこそ、とりわけ大切な作品であった、と解すべきではなかろうか。

ブラッセル体験を、英国の舞台に展開する英国人男女（ロチェスターはヨーロッパ大陸を遍歴した一種のコスモポリタンであり、ムア兄弟はベルギー人との混血ということになっているが）の関係に移し変えた『ジェイン・エア』と『シャーリー』が出版されたあと、シャーロットはかつてない深刻な孤独に直面せねばならなかった。『シャーリー』執筆中に弟妹三人が次々に死んだのである。さらに彼女には、中年にさしかかった有名作家として、何人かの男性との交際や、彼らそれぞれへの情念の燃焼・挫折の軌跡があった。それだけではない。ロンドンの文壇での短い華やかな社交期間が過ぎると、ハワースの牧師館で老父と二人だけ、ほとんど言葉を交わすこともない死のように長い静寂の期間が続き、あまりにも対照的な二つの生活の繰り返しが、彼女の神経を徐々に蝕んでいった。もともとシャーロットに欠けていた容姿の魅力と体力はもとよりのこと、彼女の貴重な属性だった気力と若ささえ今や失われつつあった。

青春と愛がはるか彼方に薄れていくという自覚の中で、シャーロットは、過ぎし日のブラッセルでの孤独に、作家としていま一度当面することを通して、現在の絶対的孤独への処方を見出そうとしたのである。身心の甚だしい不調と戦いつつ長い時間を費してようやく書き上げられた『ヴィレット』は、先行諸作品同様、やはり作者の個人的体験や心情や願望に基づいてはいる。しかし今やシャーロット・ブロンテの「自分だけの空間」は、以前のそれとは変貌していた。

彼女が三十五年に近い生涯を費し、エジェのみならず他の何人かの男性や彼らをめぐる青春の思い出に決別し、愛する弟や妹たちに去られ、文名の空しさをも知った時、彼女はこれ以上失うものを何ももたぬ境地に腰を据えざるを得なかった。彼女に残されたものはただ一つ——孤独で弱り切ってはいるが、かけがえのない自分、そしてその自分一人の内面空間だけであった。この段階に至って、シャーロット・ブロンテの女性空間からは、ロマンティック・ラヴの幻想は消失せざるを得ない。女性のアイデンティティが男性や恋愛への心情的依存を捨てた時にこそ成立し得るという事実を、シャーロットは初めて直視し、書くことができた。女としての彼女の苦難に満ちた人生体験、幼時からの文筆のキャリアと一流作家としての実力と自信、そして先行諸作品で長年探求し続けたテーマ——即ち女性体験と女性心理、男女の関わりと女性の生き方——これら諸要素の積み重ねが、シャーロット・ブロンテに、当時の英国文壇に類例を見ぬ小説を完成させた。このようにして生まれた『ヴィレット』は、女性意識の多面性と女性体験の深刻さを普遍相としてとらえ、その中で孤独な一女性の深層心理に光を当てるという大胆な試みであって、ついにウルフにさえ、『嵐が丘』や『エマ』と共に「優れた小説」と評せられるに至るのである。

3

両親からはケルト的な奔放な空想性を受け継ぎ、ヨークシャーの環境における日常生活からはきわめて堅固な克己的現実性を身につけたブロンテ姉妹の作品には、ロマンティシズムとリアリズムという二面性が、共通の傾向として見られる。エミリの『嵐が丘』では、例えばロックウッドの夢にキャサリンの幽霊が現われる場面に見られるように、夢と現実、ゴシック的なロマンス性と具体的な現実描写とは分かち難く結びつき、みごとな融合を示す。だがシャーロットの場合、これら二要素は、しばしばめまぐるしく交替し、時には競合、衝突、または分裂することもある。例えば『ジェイン・エア』には、ウルフによって批判された一節をはじめ、シャーロットのこのような傾向を反映するいくつかの場面がある。最も典型的な例は、モートンの村で学校教師となったジェインが、夜のベッドの上では、自ら捨てたはずのロチェスターへの熱情と幻想に身を灼き、朝になるとまるで別人のように冷静に教室で生徒たちに対する、という条である。このように『ジェイン・エア』では、個々の場面におけるジェインの言動に分散して表現されることがしばしばあった作者の二面的欲求は、『ヴィレット』においては、女主人公ルーシー・スノウを中心とする次のような物語全体の中に、有機的に組み入れられ、より自然に展開していく。

ルーシー・スノウは、冒頭では、容姿に恵まれぬ物静かで冷静な十四歳の孤児である。彼女は英国のブレトンという町で、親切な名付親ブレトン夫人の家に身を寄せている。同家には、ポーリーナ・ホウムという名の、母のいない幼女も預けられている。ルーシーは、ポーリーナが不在の父を恋い、また同家の息子で十六歳のジョン・グレアム・ブレトン少年を夢中で慕うようすを、黙ってじっと観察する。

やがてブレトン家を去ったルーシーは、何か不幸な出来事の結果、親戚からも離れて一人になる。自活の必要に迫られた彼女は、その後数年間、マーチモントという病弱な老婦人の世話をして暮す。マーチモントはある晩、自分の過去をルーシーに打ち明けたが、翌朝には冷たい亡骸になっていた。二十二歳のルーシーは、また孤独な境遇に陥ったわけだが、屈することなく自活の道を求めてロンドンに出、次いで大陸に渡る。彼女は船上で会った軽薄な英国人の美少女ジネヴラ・ファンショウから、ラバスクール王国（ベルギーの仮名）の首都ヴィレット（ブラッセルの仮名）で、マダム・ベックが経営する女子寄宿学校についての情報を得る。

ヴィレットに着いたルーシーは、道に迷った末に、偶然ベックの学校を見つけ、まず同家の子守として雇われる。やがて彼女は言葉の不自由を克服して、この学校の英語教師へと昇格する。中年の未亡人ベックは、抜け目のないスパイ行為で学校を管理する驚くべき辣腕家である。ジネヴラもここの生徒であり、校医ジョン医師から崇拝されていること、さらに、ベック校長までがこのハンサムな青年医師に関心をもっていることなどを、ルーシーは知る。ベックのいとこのポール・エマニュエル教授は、癇癖の強い高圧的な四十歳くらいの小男であり、初対面の時から、地味で冷静なルーシーの心中に潜む激情と才能に気づき、彼女に注目していた。

長い夏休みに寄宿舎に取り残されたルーシーは、激しい孤独感と熱病とに悩み、ある日街をさまよい歩いたあげく、新教徒である身を顧みず、カトリック教会に入りこみ、心の苦悩をざんげしてしまう。その帰途彼女は気を失い、やがて気づいた時には、驚いたことに昔馴染のブレトン母子の介抱を受けていた。実は、校医ジョンが、ジョン・グレアム・ブレトンの成長後の姿だったのである。ルーシーは健康を回復してから、彼らと親しい交際を再開し、ジョンの優しい激励を心の支えにして元気になる。ジョンは、ルーシーの内心に募りゆく彼への熱情に、全く気づかない。彼はジネヴラを崇拝し続けるが、やがて彼女の軽薄な本性に気づいて恋の幻想から冷める。

他方ルーシーは彼への情熱を抑えようと努めるが、彼からの親切な手紙を病的なまでに待ち焦がれずにはいられない。彼女は彼に情熱的な手紙を書くが、それを破り棄て、理性的な文面に書き換えてから投函するのである。ある時彼女が屋根裏部屋で、彼からの手紙を読んでいるところに、この学校の伝説に語り伝えられた尼の幽霊が現われる。それはその後も数回出没してルーシーを脅かす。

他方、ルーシーに関心をもつ直情的なエマニュエル教授は、ジョンに対する彼女の感情に嫉妬を示し始める。ジョンは、美しい伯爵令嬢に成長したポーリーナと偶然再会して、彼女を愛するようになる。それを知ったルーシーは、理性によってジョンへの恋を清算しようと努め、彼からの手紙を校庭の禁断の小径の一隅に埋葬する。彼女は痛ましいまでの努力の末、自分とは違って常に人生の日なたの道を歩むべく運命づけられたこの美男美女の結婚を祝福する気持に到達する。やがてルーシーは、多くの欠点にもかかわらず純真で誠実な人柄をもつエマニュエルの魅力にひかれ、彼の友情を何よりも大事に思うようになる。ベックは、自分が欲得づくの結婚の相手にしようと考えていたエマニュエルを、ルーシーから引き離すために、彼を急ぎ西インド諸島に行かせることを画策する。

別離の苦悩に引き裂かれたルーシーは、初めてエマニュエルへの愛を強く自覚し、それをはっきりと表白する。彼は旅立つ前に、以前からの彼女の自立の計画を助けるべく、ヴィレット市郊外に彼女のための教室と住居を借り、帰国後の結婚を固く約束して去って行った。

ジネヴラの駈け落ち事件のあと、尼の幽霊の正体は彼女の相手の男であったことがわかり、ルーシーは長い間の恐怖から解放される。エマニュエル教授の愛によって暗い孤独感からも解放された彼女は、彼の帰りを待ちつつ、一人で自分の学校を経営していく。三年後彼の帰国の船は大嵐に襲われ、ルーシーの愛はまたも成就することなく終わるのである。

『ヴィレット』は一八五〇年末に着手され、五二年十一月に脱稿されたが、完成間際にシャーロットが書いた二通の手紙の中に、孤独な運命に終始する女主人公の構想がはっきりと見てとれる。最初の一通は執筆当時のシャーロットの情熱の対象であり、ジョン・グレアム・ブレトン医師の原型となった出版社社長ジョージ・スミス宛てのものである。

ルーシーはジョン医師と結婚すべきではありません。彼はあまりに若々しく、美男子で快活で気立てがやさし過ぎます。……彼の妻は、若くて金持ちで美人でなければならず、彼は大いに幸福にされなくてはなりません。もしルーシーが誰かと結婚するとすれば、相手はあの教授——彼女が多くを許し、多くを我慢してやらねばならぬあの男——でなければなりません。しかし、私はミス・フロストを寛大に扱う気はありません。最初から、彼女の運命を楽しいものにするつもりは全くありませんでした。

（一八五二年十一月三日）

この手紙は、シャーロットが年下のハンサムな出版業者スミスへの恋情を清算したあと、または清算しつつある時期に書かれたものと思われるが、それにしても当の相手にこのような文面の手紙を書く彼女の自虐的ともいえる傾向は、ブラッセル体験と類似した幻想空間に再び陥ることの愚を自らに戒める強い決意の表明とも受けとれる。もう一通は、同出版社の顧問W・S・ウィリアムズに宛てたものである。

私の考えが誤っていなければ、この作品の感情は、全体的にかなり抑えられているのがおわかりになるでしょう。女主人公の名前については、どんな微妙な考えによって、彼女に冷たい名前を与えることに決めたかをうまく説明できないくらいです。でも最初は、彼女を「ルーシー・スノウ」（綴りに「e」をつけて）と名付けましたが、その「スノウ」をあとで「フロスト」に変えました。その後、名前を変えたことをむしろ後悔して、もう一度「スノウ」にしたいと思いました。遅すぎないなら、原稿全部を通して、そのように変えて頂きたいと思います。彼女は冷たい名前をもたねばなりません。……というのは、彼女は外面的な冷たさを身につけているからです。
（一八五二年十一月六日）

同様に作者の二面性の反映であるとしても、作者の人生前半の夢を托された情熱的で願望成就型の若々しいジェインに対して、ルーシー・スノウは、作者の人生後半における抑圧と喪失と病苦と孤独の仮借ない投影である。彼女はジェインと同様孤独であり、親戚や養家での虐待からは免れているとはいえ、ジェインの知らぬ異国に渡り、言葉すら通じぬ場所で、所持品まで失うという状況から出発せねばならない。そのような状況の中で「自分だけの空間」を守り通すためのルーシーの戦略は、真正直なジェイン・エアのもたぬ「演技性」を発揮することである。即ち軽々しく本性を明かさず、自分の激情や才能を隠して、地味で目立たぬ人間を装いつつ、他者を冷静に観察し、状況に適確に即応することであった。

『教授』では男性の語り手が客観的に女性を分析したが、『ヴィレット』ではルーシーが、自分目身をも含めて女性とは何か、を分析する。『ヴィレット』では、先行の三つの作品に較べて、全登場人物中の女性人物の数の割合が大変高い。しかも未亡人をも含めて独身の女性の数がきわめて多いことも、大きな特徴である。このことは、『シャーリー』では中途半端に終わった女性の、特に独身女性の生き方という問題——当時の英国社会で非常に深刻だった女性人口の過剰、「結婚市場」の厳しさ、女性の職業の乏しさや雇用条件の劣悪さ——に、シャーロット・ブロンテが、自分自身の生き方を含めて、あらためて分析・探求の的を絞ろうとしたことを物語っている。

ブレトンに住む未亡人ブレトン夫人が、一人息子や身寄りのない子供たちへの慈愛に富む「英国の母」の典型であるとすれば、若い頃恋人に事故死されたのち、生涯未婚を通したマリア・マーチモントは、独身女性の抑制と孤独の代表者であろう。ルーシーはマーチモントとの生活から、彼女の気丈な克己を学ぶけれども、その超越的な諦感には完全に同調することができない。にもかかわらずルーシーは、ジェインがヘレン・バーンズの超現世的な態度をはっきりと批判するのとは対照的に、何も言わない。運命がルーシーをロンドンからブー・マリーン港へと運ぶ船上で彼女が出会った女性船客の中には、金銭欲のために結婚したとしか思われぬ不釣合で俗悪な夫に甘んじている美女がいた。結婚とは、結婚生活における女性の幸福とは、いったい何だろう？　そう考えるルーシーが次に出会う女性船客ジネヴラ・ファンショウは、ブレトン家に預けられていたポーリーナ・ホウム——そして成長後のポーリーナ・ド・バソンピエール——とは対照的な少女だった。

ルーシーはヴィレットに到着後、この二人と親交を結ぶが、ルーシー自身の情熱の対象であるジョン医師が、ルーシーには何の注意も払わず、最初はジネヴラに惑溺し、次いでポーリーナを愛するさまを見て、苦悩を通して成熟していく。ジネヴラは利己主義と虚栄心の塊で、男性を恋愛遊戯の相手としか考えない。ポーリーナは女性の伝統的な美徳を備えた優美な女性で、「ホウム」の名にふさわしい「家庭の天使」である。

「女たちの空間」であるベックの学校には、自分の年齢を顧みず若いジョン医師に関心を寄せる子持ちの中年の未亡人ベック校長をはじめ、エマニュエル教授を籠絡しようとするサン・ピエールやその他の女教師たち、尊大で軽薄で好色な女生徒たちなどがひしめいている。異性や愛や結婚に対するベックの態度は、マーチモントのそれとは対照的に、深い情感や心からの渇望に根ざすものではなく、本能の衝動か処世上の政略にすぎない。学校運営における「男性的」ともいえる彼女の精力的な活動、鉄のような意志、緻密な思慮と果断な実行力は、男性中心の社会の中で女性が「自分の空間」を開拓し、成功を収めるための模範なのである。ルーシーは、ベックのみごとな自己抑制や機略ぶりを観察して、ひそかに「ブラボー」と讃嘆せずにはいられない。周知のように、マダム・ベックは、『教授』の女校長ロイター嬢と同様、ブラッセルのエジェ寄宿学校の校長エジェ夫人を原型としている。だが、『教授』の語り手＝主人公のクリムズワースが、ロイター嬢の性的な手くだを冷たく批判するのと違い、『ヴィレット』のルーシーはベックの偉大さを知り、彼女の完璧な演技から多くを学びとりさえする。「影《シャドウ》」の存在として子守の仕事に甘んじていたルーシーの才能と負けん気を見抜き、彼女の最初の空間であった子供部屋から彼女を引き出して教室に送りこんだのは、マダム・ベックであった。それにしても、「自分だけの空間」としての学校経営をやがて目ざすようになるルーシーの理想の女性像は、マダム・ベックなのであろうか。いや、そうではあるまい。ルーシーは、彼女に能力発揮の機会と舞台を与えてくれようとしているベックを観察し、その本性の欠陥を、いち早く次のように見抜く。

「〈それじゃ、あなた〉」マダムは厳しく言った。「〈本当にできないと思ってるの?〉」
もしかしたら私は、「はい、そうです」と答えて子ども部屋に戻り、その人知れぬ隅っこで、残りの生涯を朽ち衰えて過ごしたかもしれなかった。だが目を上げてマダムを見ると、結論を下す前に考え直させるような何かが彼女の顔に浮かんでいた。その瞬間の彼女は、女の顔ではなくむしろ男の顔をしていた。ある特殊な力が、彼女の人相のすべてにわたって強烈に現われていた。その力は、私の力とは別種のものだった。それが私の心に目覚めさせた感情は、同情、共感、服従のいずれでもなかった。私はスックと立った――なだめすかされたのではなく、言い負かされたのでもなく、また圧倒されたのでもなかった。まるで敵対する二つの才能の間で、力比べの挑戦を受けたかのようだった。そして私は突然、自分の気後れを紛れもない恥辱と感じ――高きを望もうともしない態度を、無気力そのものと感じた。

「退却する気？　それとも前進する気？」彼女はまず住居に通じている小さい扉を指差し、次いで教室の大きな二重扉を指しながら言った。

「〈前進します〉」私は答えた。　　　　　　　　　　　　（第八章）（青山誠子訳）

ルーシーは反抗的な異国の少女たちを統御してみごとな英語の授業をやってのけ、正式の教師となる。

だが彼女の「演技」空間は、教室だけではなかった。学校祭の芝居で急遽男役の代役を見つけ出す必要に迫られたエマニュエル教授が、突然ルーシーを、一階の教室から屋根裏部屋につむじ風のように運び上げる。そこに監禁されて、鼠やあぶら虫を相手に夢中でせりふを暗記したルーシーは、再びあっという間に舞台に立つことになる。だが事前に予定されていた「男装」を彼女は拒み、自分の着ていた衣服の上にチョッキやネクタイをつけるだけで、女性である自分を明らかに保ちつつ、男を演じるのである。きらびやかな大勢の観客の前で、彼女の中に眠っていた演劇的才能は急に目ざめ、情熱的な名演技を彼女に発揮させる。この興味深い場面は、ルーシーに自分の能力への自信を与えるのみならず、彼女の心情面でも重要な一段階をなす。即ち、ジネヴラに求愛する男の役を演じることで、彼女はジョン医師と「愛を争い、勝つのだ」（第十四章）。同時に彼女は、彼への自分の秘めた愛を、この演技に仮託し表現する。つまり彼女は男性としての「演技」を通して、現実には満たされぬ女の情念を解放するのである。

エマニュエル教授は、ルーシーに公開試験や公開授業を次々に課し、教室を彼女の能力発揮の「演技」空間たらしめる。ルーシーは彼の友情を支えに、時には彼への反抗精神に燃えながら、一つ一つ試練を乗り越え、自信を強めていく。

やがて学校中の人々も教授も不在の長期休暇に入ると、彼女は孤独の苦悩に呻吟せずにはいられない。衰弱状態の時にブレトン一家と再会し、その後親切なジョンへの感情が次第に募っていく。健康を回復してジョンと共に市内の各名所を訪れるようになると、美術展の会場も、上流社会の音楽会場も、すべてルーシーが女性存在の諸相を観察し、自分自身の女性心理を展開する空間となる。いうまでもないがこれらの場面には、数回にわたる作者のロンドン滞在中に、彼女がジョン医師の原型スミスに付添われて訪れた展覧会、音楽会、劇場の思い出やスミスへの当時の感情が反映されている。

一八五一年五月、シャーロットがスミスの招きでロンドンに出発する時、彼女は大いに逡巡した挙句、社交シーズンに備えてという理由で、黒レースのマント、ピンクの裏張りの帽子を買って父や召使いを驚かせた。女性の装いに関する作者の平素の考え方やその時の経緯が、『ヴィレット』では前述の男装演技の場面にも、また次の場面にも、変形して生かされている。ルーシーはジョンと共に音楽会に行く時、ブレトン夫人が用意してくれたピンクのドレスに気おくれがして、上から黒いレース布を掛けて派手やかさをやわらげ、ようやくそれを着用するが、いざ鏡に映った姿を見ても自分とは思えなかった、というのである（第二十章）。伝統的な女のイメージに魅かれる気持とそれに反発する気持との間で揺れ動くシャーロット――その現実と芸術的処理の好例がここにある。

ルーシーは、この段階ではまだ自分の本性や本心を隠し、ジョンからは邪魔にならぬ影のような存在と思われ、他の人物たちにはそれぞれ異なる印象を与えている。

私たちは時々、見る人によって、ひどく矛盾した性格の持ち主と考えられることがある。マダム・ベックは私を、博識でインテリだと考えていた。ミス・ファンショウは私を、厳しく皮肉で冷笑的だと考え、ミスター・ホウムは私を、模範的な教師、沈着と分別の真髄、おそらくいくぶん因習的で厳格すぎ、狭量で細心すぎるが、やはり女教師にふさわしい正確さの極致であり鑑《かがみ》である、と考えていた。他方、もう一人の人すなわちポール・エマニュエル教授は、機会を逃がさず、自分の意見をほのめかした。つまり私の性格は、どちらかというと激しやすく、向こう見ず――冒険好きで、扱い難く、大胆不敵だ――というのである。私は、彼らの考えのすべてを笑った。（第二十六章）

ルーシーは、自分だけが知っている自分の本質と、他者のルーシー観との距りを楽しむのみならず、読者に対してもジェイン・エアのように正直ではない。

だが彼女が自己を確立し自己を率直に表現するためには、その第一段階として、彼女の本質に全く無関心なジョンへの幻想から脱出することがまず必要なのである。彼への決別の苦悩、そして孤独な現実に直面するすべをルーシーに啓示したのは、彼女が彼と共に見物に行った大女優の演技であった。それは、アハシュエロス王が、妃ワシテの美しさを宴客たちに披露するために彼女を召し出そうとした時、その命令に応じなかった彼女が王の逆鱗に触れ、王は別の美女を王妃として迎える、という「エステル書」の一節――男の虚栄心に命がけで反逆する女の悲劇の劇場空間においてであった。ワシテ役の女優はすでに老い、「醜い」とさえ評されていた。

しばらく――いや、長い間――私は彼女のことを、単に一人の女――たとえ特異な女性であるとはいえ、こういう大観衆の前で力と優美さを備えて動く一人の女――にすぎぬ、と思っていた。間もなく私は自分の誤りに気づいた。見よ！　私が彼女に見出したものは、女でも男でもない何かだった。彼女の目のどちらにも、悪魔が一人ずつその中に座を占めていた。この邪悪な力が、彼女に悲劇を演じ切らせ、彼女の弱々しい力を支えたのだ――元来彼女はほんのか弱い人だったからである。

……それは不思議な見もの、強力な啓示だった。……苦悩が舞台の女帝に襲いかかっていた。だが彼女は屈服も、忍耐も、また有限の憤りをも見せず、観客の前に立っていた。彼女はひたすら闘争し、頑強に抵抗していた。……私は彼女が悲しみに憤りを見せない、と言った。いや、その言葉は弱すぎてうそになってしまう。彼女にとって、苦痛はただちに目に見える形態を取る。彼女はそれを、攻撃し、それにのしかかり、ズタズタに引きちぎりうるものと見なす。……悲惨を前にして、彼女は牝虎に化す。苦悩を引き裂き、激しい嫌悪を感じつつ、それを粉みじんに砕く。

（第二十三章）

若さも美も失った弱々しい女優が、ひとたび演技の天才を発揮すると、苦悩に挑みこれを粉砕することによって力と崇高さを獲得するのである。深く心動かされたルーシーは、同感を求めて傍らのジョンをふり返るが、彼は全く無感動であった。ルーシーは以前から、彼の男性としての虚栄心や自己愛に気づいていた。「ご機嫌よう、ドクター・ジョン。あなたは優しいし、美しい。しかしあなたは私のものではありません。おやすみなさい。神のお恵みがありますように！」（第三十一章）ルーシーはジョンへの幻想から醒めると共に、ワシテの演技から、自分の悲劇的運命に積極的に立ち向かうすべを学ぶ。

小説前半では傍観者的語り手として理性的な仮面をかぶっていたルーシーは、中盤以後、ジョンに対する情熱と挫折という自らの体験を通して、行為者＝女主人公としての自己を確立していくが、その過程は語り手としての率直さの獲得と平行していく。カトリック教会における彼女の懺悔ですら、自己表現への重要な第一歩であった。だが女性としてのルーシーの真の自己解放と自己確立は、学芸会の代役演技によっても、また他者の演技の観客としてだけでも果たされ得ない。彼女自身が傍観者としてだけではなく、実人生の主役として生きることによってのみ達成される。学校や寄宿舎の一隅は、次第に、主役ルーシーの「自分だけの空間」になる。彼女がジョンからの手紙を夢中で読んでいる時に尼の幽霊に襲われる屋根裏部屋も、彼女が彼に対して二通の手紙を書く寝室も、また彼女が彼からの手紙を埋葬する禁断の小径の梨の木の根もとも、すべて彼女の女心の「演技」領域である。ポーリーナ・ド・バソンピエールから、高給で相手役を勤めるように依頼された時、ルーシーは精神の自由を保つためにそれを拒絶する。ロマンティック・ラヴへの期待を捨てた老嬢ルーシーが真に自分を生かすことのできる空間を探し求めるとき、彼女は大邸宅でのお相手役や家庭教師の職よりも「マダム・ベックの学校の第一〈学級室〉の……生徒たちの真ん中」（第二十六章）における学校教師の職を選び、自分にとって大切なものは、欠点だらけの同僚エマニュエル教授の友情であることに気づく。

ある夕方ルーシーは、禁断の小径で、エマニュエル教授と共にひとときを過ごし、彼の眼の中に、友愛あるいは兄妹愛以上の感情を確認する。その直後に彼女を襲う試練は、利己的な動機から二人を引き離し彼を奪おうとするベックとの対決であった。それは「私とマダム・ベックとの間に起こった、火花を散らし真実を暴露するただ一度の〈対戦〉」であった。

「欲張りの意地悪め！」私は言った。私は彼女がひそかに彼を欲していること、以前からいつも欲していたことを知っていたからである。……どうしてかわからないが――私はマダムの秘密のいくつかの中に、すでに深く入りこんでいた。……彼女は私のライバルだった。人目を忍び、実に人をそらさぬ態度を装い、彼女と私以外にはだれにもまったく気づかれていないにもかかわらず、彼女は身も心も打ちこんで、私をライバル視していた。

私は、今やこの女がすっかり私の手中にあることを感じつつ、二分間ばかり、マダムの前に立って見つめていた。なぜなら、現在のような気分にあるときには――この瞬間のように知覚が刺激された状態のときには――彼女のいつもの変装、彼女の覆面や舞踏会用の仮装着は、私にとっては単に穴だらけの網織物にすぎなかった。そして私には、それらの下に、無情で自堕落で下劣な人間が見えた。彼女はおとなしく退却した。（第三十八章）

ルーシーが従来の仮面を脱ぎ、自分が本当に求めるものを守り抜こうとした時、彼女の「演技」は本性と一致し、彼女は「この短かい夜の一場面」芝居でマダム・ベックの演技に勝ったのである。

旅立っていくエマニュエルとの別離の苦悩は、夢遊状態のルーシーをヴィレットの宵祭の公園へと向かわせる。仮装の群衆に満ちた華やかな夜の公園は、さながら照明された舞台のようだった。ルーシーは雑踏の中に、彼女やエマニュエルの敵であるベックら共同謀議者たちの姿を見つけ、ことの真相を知った。「こんなふうに彼らが参集しているのを見て、私は元気が出た。私は彼らの前で、気力を失くしたり、当惑や狼狽を感じたりしたとは言えない。彼らは、人数では私に勝っていた。そして私は敗北し、彼らの意のままだった。だが、今のところまだ、私は死んではいなかった。」（第三十八章）と、彼女は自分の不屈さを確認する。その夜彼女はジュスティーヌ・マリーや幽霊の正体を発見し、病的な恐怖や憂鬱から完全に解放される。

ルーシーはエマニュエルとの別れに際して、初めて抑制を取り払い、彼への愛をはっきりと自覚し、奔るようにそれを表明することができた。彼の不在中、彼女が彼への愛を通して自分を守り育て、自分の才能を発揮する「演技」空間は、ベックが管理する学校ではなく、彼の愛の証であるフォーブール・クロティルドの自分自身の学校でなければならぬ。

ムッシュ・エマニュエルは三年間いなかった。読者よ、それは私の人生で、もっとも幸せな三年間だった。その矛盾した言葉を、あなたは馬鹿になさるだろうか？　ではお聴きください。私は自分の学校を開いた。私は働いた――懸命に働いた。……私の〈通学学校〉は〈寄宿学校〉になった。それも成功だった。

私の成功の秘密は、私自身や、私の資質や力にあるというよりは、むしろ……私のエネルギーを駆り立てた根源は、はるか海の彼方の西インドの島にあった。別れるとき、私は記念のプレゼントを贈られた。つまり現在への行き届いた配慮、未来への明るい希望、不屈に、勤勉に、積極的に、忍耐強く、勇敢に人生を進もうとする内なる動機である。（第四十二章）

教授の帰国をルーシーが待ちわびている時、秋の大嵐が起こり、彼の船の安否は不明のままこの小説は終わる。

『ヴィレット』のこのあいまいな結末は、何を意味するのであろうか。それは「自分だけの女性空間」に、愛のみならず結婚への幻想の存在までも厳しく拒否するに至ったシャーロットが、男女の平等な関係のあり方と女性の自立との関わりの複雑さ困難さに、誠実に対処したその結果を示している。

シャーロット・ブロンテは『ヴィレット』において、他者を通して自分を見ていたルーシーが、多くの試練を乗り超えて自己を確立し、自分の眼で自己を確かめ、自分の言葉で自己を表現するに至る過程、彼女が幻想から脱出して「質素な真実の織物（the homely web of truth）」（第三十九章）を材料にして「自分だけの空間」を構築する過程を書いた。その空間は華やかでもロマンティックでもないが、女性としての自己確立を、作家としての自己表現を求めて苦闘した軌跡の終着点に、エレン・モアズが『女性と文学』の中で論点の一つとした「女性の権威が最高のものとして君臨し得る世界」、「教師的ヒロイニズム」の象徴的トポスとして、彼女が創造した自分自身の学校であった。現実の人生では挫折の場でしかなかったハワースのブロンテ塾は、今「女ひとりの演技空間」としてみごとに文学化されたのである。

第四章　女たちの絆——E・ギャスケルとC・ブロンテ

十九世紀半ば、女性人口の過剰が英国で大きな社会問題となっていた。一八五一年の国勢調査によると、女性人口が男性のそれを約五〇万人も上回り、結婚できない女の生き方、女性の職業、独身女性への支援などに、ジャーナリズムや作家たちの関心が向けられたのである。このような時代にエリザベス・ギャスケルとシャーロット・ブロンテはほぼ同時期に文壇に登場した。ブロンテは一八四七年に『ジェイン・エア』により、またギャスケルは翌四八年に『メアリ・バートン』を発表して注目を集め、やがて互いに友情を結んで創作活動に励むことになった。

この小論では、上記のような社会情勢のなか、独身女性の生き方に焦点を当てた二人の小説『クランフォード』（一八五三）と『ヴィレット』（一八五三）のほか、二人の書簡を通して、女性の人生や友情に関する彼女らの考え方、また現実のとらえ方を通して創作態度を比較したい。紙面の関係上、書簡は宛名と日付を挙げるにとどめる場合が多い。

1　二人の交流

二人の交流は、『メアリ・バートン』に感心していたブロンテが『シャーリー』が出版された一八四七年十月末、出版社を通してギャスケルに一冊謹呈したことに始まる。心配性のブロンテは、『シャーリー』の主題と内容が『メアリ・バートン』に似ていることを懸念していた。やがて『シャーリー』に対する厳しい書評があちこちから寄せられ、ブロンテが心を痛めているところへ、ギャスケルから実に暖かい賞讃の手紙が届いた。「あなたの作品を娘たちの宝物として大事にいたします」という文面は、ブロンテの目に涙を浮かべさせたのである。(B→W・S・ウィリアムズ、一八四九年十一月二十四日ごろ)。ここで「あなたの作品」とは『ジェイン・エア』と『シャーリー』を指している。この時ブロンテが出した礼状もカラ・ベルという偽名で書かれたが、消印がないところから、直接郵送されずにスミス・アンド・エルダー社の編集顧問ウィリアムズを介してギャスケルに届けられたと推察される。そのなかでブロンテは、「私が偽名を守るのは、強さと勇気を失わずありのままの真実（the plain truth）を書き続けるためなのです」（B→G、一八四九年十一月十七日）という決意を述べている。「真実」を書くという作家の使命、そして「真実」とは何ぞやについての二人の考え方の違いについては、あとで触れることにする。

実はギャスケルは『シャーリー』のプロットをひどく嫌っていた（G→レイディ・ケイ＝シャトルワース、一八五〇年五月十四日）が、そのことはブロンテに直接告げず、ただ讃辞のみを書き送ったのである。『シャーリー』をめぐるこのやりとりのなかに、二人の性格や対人行動の違いがはっきりと見てとれるのではないだろうか。これと同様のことが、『ジェイン・エア』に関しても見られる。ギャスケルは別の友人への手紙（G→アン・シェイン、一八四八年四月二十四日（?））に、『ジェイン・エア』は「並はずれた本（uncommon book）であるが、私は自分がこの本を好きか嫌いかわかりません」と書いていた。

『ジェイン・エア』の出版以来ギャスケルはカラ・ベルという名の作家の性別に強い関心をいだいていた。ギャスケルの人柄については、寛容で親切、女性的な暖かさをもつ魅力的な女性であったことに衆評が一致している。謙遜な彼女は、女性作家が大勢活躍したこの時代にあって、自分より優れた才能をもつと評価する作家に素直に感嘆し、その気持ちを率直に表現する人でもあった。プロの作家意識によって競い合うというよりも、一人の女性として同性に個人的な関心や共感を寄せるというタイプだったらしい。他人や他の作家の動静に大変敏感で、ある時出版者ジョージ・スミスに「ジョージ・エリオットはどんな人でどんな印象ですか。なぜルイス氏のような人を好きになったのか教えてください。誰にも話しませんから」という手紙（一八五九年十一月二日）を送った。しかもギャスケルは、エリオットの私生活には強い批判の気持をほのめかしながらも、『シャーリー』を讃めた時のように、『牧師たちの物語』や『アダム・ビード』への最上級の讃辞を書き送り（G→G・エリオット、一八五九年十一月）、この気難しい作家を大喜びさせたのである（G・E→G、一八五九年十一月十日）。協調性と社交性、そして臨機応変の人当たりの良さのおかげで、ギャスケルと他の女性作家との関係は大変円滑に運んだようである。彼女はブロンテのみならずアンナ・ジェイムソンやその他の作家たちとも作品を盛んに交換して、相手に自作への意見を積極的に求めた。やがてカラ・ベルの正体が女性であることを知ったギャスケルは、子供っぽい興奮と喜びを友人に書き送った。「カラ・ベル（ああ！秘密を教えてあげる代わりに何をくださる？）――私に『シャーリー』を送ってくれたあの人は――教えてあげましょう――女（she）なのよ」（G→キャサリン・ウィンクワース（?）、一八四九年十一月（?））と。

これと対照的なブロンテの態度は、同時期に書かれた手紙（B→W・S・ウィリアムズ、一八四九年十一月二十四日ごろ）に明らかであり、ここにはカラ・ベルが今なお「隠れ住む決意（my resolution of seclusion）」という状態にあり、ギャスケルやもう一人の文壇の友人ハリエット・マーティノウとも本名を使って直接文通することをためらう様子が見てとれる。このようなブロンテの傾向は、評論家G・H・ルイスによる『シャーリー』への書評が作者の性別を意識したものであったことに激怒したという事実ともあいまって、女性作家に対する世間の偏見というジェンダー・イデオロギーを彼女が過敏なまでに意識していたことを感じさせる。

一八五〇年八月、ギャスケルとブロンテは湖水地方のケイ＝シャトルワース夫妻の別荘ではじめて会い、たちまち意気投合した。いろいろな事柄で意見が食い違ったが、心情的に通い合うものを感じ、三日間を語り合い、共に散歩して過ごした。この時のブロンテの様子、またブロンテから聴いた一家の物語を、ギャスケルは例のごとく逐一こと細かに友人に書き送った（G→C・ウィンクワース、一八五〇年八月二十五日）。この対面のあと、ブロンテはようやく本名でギャスケルに手紙を書くようになるが、その手紙（一八五〇年八月二十七日）の末尾の言葉はいかにも彼女らしい。「あなたにお暇があり、心から進んで書いてくださるのでなければ、お返事はいりません」という文面からは、相手の善意や友情を素直に受け入れることができぬブロンテの頑ななまでの警戒心がうかがわれる。

このようにして始まった二人の交流には、どちらかというとギャスケルの方がブロンテに熱烈に傾倒していく印象が見てとれる。『シャーリー』執筆中に三人の弟妹を次々に失った友に対する溢れるような同情に加え、自分をはるかに上回ると彼女が評価するその才能と特異で純粋な人柄に強く惹きつけられたのであろう。ブロンテの方もこの交際によって大いに心慰められたことが手紙の文面から察せられるが、生来の虚弱さ、非社交性、容姿への劣等感、また後天的には度重なる喪失体験により、人との交流を楽しむには至らなかった。

2　女性の友情について

ブロンテが初めて本名で書いたギャスケルへの手紙（一八五〇年八月二十七日）には、当時の社会問題だった女性の立場についての意見が述べられているが、その主旨はこうである。「男の人たちは女性の立場を以前とは違う見方で見るようになってきました。……彼らは女性の状況の改善は女性次第だというのです。たしかに私たち自身の努力が最善の効果を発揮するであろうような種類の害悪もありますが、社会組織の根底に深く根づいた別種の害悪が存在することも同じほどたしかであり、それらには私たちの努力は届くことができません。それらについては私たちは不平を言うこともできませんし、あまりしばしば考えない方が賢明なのです」このようにブロンテは、社会を改善するための女性の努力、女性の助け合いの可能性にかなり悲観的であったが、対照的にギャスケルは多くのフェミニストの友人をもち、自ら活動家としてではないが、さまざまの社会的活動に協力を惜しまなかった。

友情についての二人の態度の違いは、対照的な境遇からも推察できる。当時ギャスケルは産業革命の中心地マンチェスターのユニテリアン派牧師夫人として、四人の娘の母として、新進女性作家として、活動的で社交的な生活を送っていた。これに比べてブロンテは、へんぴなハワースの牧師館で、弟妹三人の死後、目の不自由な七十五歳の父と終日ほとんど話も交わさず、食事も別々にとるという孤独な日々を過ごしていた。すでに有名作家になっていたブロンテが少女時代の恩師マーガレット・ウラーに出した手紙（一八五〇年九月二十七日）には、「ごく少数の友人とだけ深く知り合いたい」と書かれている。この言葉通り、ブロンテの個人的な親友はウラー塾の学友だったメアリ・テイラーとエレン・ナッシーの二人。文壇での友人は、ギャスケルのほかにハリエット・マーティノウだけだった。しかも後者とは、のちに『ヴィレット』への書評をめぐってついに絶交に至るのである。

友人との交際に関するブロンテの慎重な態度は、後年の次の文面からも推察される。

私が思うに、長所とともに短所を、美点とともに欠点を考え合わせるのです。その上、友情に関して失望が起きるのは、友人を好きになりすぎたり、彼らを買いかぶりすぎたりするからではなく、私たちに対する彼らの好意や意見を過大に評価するからであると私は認めてきました。そしてもし私たちがこの種のことで間違いを犯さぬよう十分用心して自衛し、自分が受ける以上に愛を与えることに満足して、それを幸福であるとさえ思えるなら、また状況を正しく比較し、そこから推論を引き出すのに厳密に正確であり、自己愛によって目をくらまされることがなければ、私たちは感情の急変から起きるあの人間嫌悪によって惨めな気持ちになることなく、一貫した不変な態度で人生を切り抜けうるであろうと私は考えます。

（B→W・S・ウィリアムズ、一八五一年七月二十一日）

ブロンテに対するギャスケルの友情には、多分に個人的・心情的な要素が強かったようである。ブロンテの死後ギャスケルが書いた伝記『シャーロット・ブロンテの生涯』（一八五七）は、客観的な記録や評価、また作家同士の敬愛や連帯意識の成果というよりも、世間から正しく理解されていない不幸な親友のための熱烈なアポロジアというべきもので、人間同士、女性同士としてのプライベートな友情、または母性的愛情の結晶と考えてよいだろう。この感動的な伝記に大きな問題点があることは、今ではよく知られている。ブロンテがブラッセルに留学した折り、ベルギー人の恩師コンスタンタン・エジェに対する激しい情念の結果、心身ともに衰弱して一八四四年一月に帰国したという事実を、ギャスケルは友の名誉のために何とか世間から隠そうと考えた。ブロンテが帰国後エジェに書き送った何通かのラヴレターのことを伏せただけでなく、彼女の心身の不調と慌しい帰国の原因として、弟ブランウェルと家庭教師先の雇主夫人との情事の時期を実際より十八ヵ月も早めて記述したのである。このことについてウィニフレッド・ジェランは『エリザベス・ギャスケル——伝記』において、「シャーロットへの憐れみがギャスケルをして、他の人びとと全てに対して不公正（unjust）にさせた」と断定した。

ギャスケルの友情の個人性を示すもう一つの好例がある。のちに晩年のブロンテが恐ろしい孤独感に呻吟していた時、父の牧師補アーサー・ベル・ニコルズが彼女に求婚した折りのことである。ブロンテは当初あまり気が進まなかったらしいが、次第に彼の誠実さに打たれ、申込みを受ける気に傾いてきた。ところが父の猛反対によって縁談が難航していると知ったギャスケルは、早速現実的な援助の手を差しのべた。すなわち父親の反対の理由の一つは求婚者が貧しいからであろうと推察し、友人に相談して、シャーロットには絶対秘密にするよう頼んだ上で、ニコルズの年金が増額されるよう取り計らったのである（G→モンクトン・ミルンズ、一九五三年十月二十九日）。計画が成功し、一八五四年四月婚約が無事成立したとき、何も知らぬブロンテは「なぜかわかりませんが物事がうまく運んだのです」という喜びの手紙をギャスケルに送った（一八五四年四月八日）。このような行為は作家同士の助け合いという域をはるかに超えており、『クランフォード』で、破産した老嬢のため周囲の女たちが本人には内緒で経済的な支援をするというエピソードを彷彿させるものである。

一方ギャスケルに対するブロンテの友情はどのような形をとっていたであろうか。日頃ギャスケルから与えられている大きな慰安に対して感謝と親愛の念がこもることはいうまでもないが、どちらかというと、作家同士として啓発し合うという職業上の協力や助言という面が強いように思われる。本を貸したり贈ったり、また読後感を書き送って読むことを勧めたりする例がたびたび見られる。二人の対照的な態度を示す例がほかにも多くある。ギャスケルは『ルース』の執筆中に、その粗筋の予定を手紙で知らせてブロンテの意見を求めたことがあった（B→G、一八五二年四月二十六日）。このような行為は、自作に関して妹たちに対する場合以外は常に防衛的で、親友ナッシーにさえ秘密主義を通したブロンテには、到底考えられぬことであった。ブロンテはごくまれに、創作に関する重大な質問をギャスケルに投げかけることがあっても、「お答えくださいますな。答えて頂くつもりはありません」（一八五三年七月九日）と書き加えずにはいられない人であった。ブロンテはギャスケルが知らせてきた『ルース』のプロットに対して、「この作品は崇高で、かつその目的は実際的効果において有益です」と讃めると同時に、「結末でルースをなぜ死なせるのですか」と率直に異議を申し立てた（一八五二年四月二十六日）。また二年後には『北と南』を雑誌に連載するやり方は好ましくない、という意見を述べている（B→G、一八五四年九月三十日）。

『ルース』についてのこのやりとりの頃、ブロンテは『ヴィレット』を執筆していた。ギャスケルはこの二作の出版時期が重なった場合『ルース』が不利になることを心配し、『ヴィレット』の出版を遅らせてくれるようブロンテに配慮を依頼した。これに応えてブロンテは出版者ジョージ・スミスに交渉し、結局わずか数日ながら『ルース』の方が先に別の出版社から出ることになった。ギャスケルはブロンテの配慮について、伝記の第二十六章のなかで、「彼女の友情溢れる言葉を、悲しいが誇らかな喜びをもって写そう」と前置きして、ブロンテからの手紙（一八五三年一月十二日）を引用している。このようにブロンテの友情が作家同士の仕事上の配慮という形を取る例は、彼女がのちにH・マーティノウの小説のために出版者を紹介する労をとったことにも表われている。

ブロンテとギャスケルの交友は、マーティノウの場合と違って終生暖かく続き、マンチェスターのギャスケル宅への訪問と滞在はブロンテが死ぬまでの五年間に三回に及ぶ。他方ギャスケルはブロンテの生前に一度ハワースを訪れ、死後には伝記の資料収集のため再び訪問、ブラッセルにまで足を伸ばした。二人の友情は多くの往復書簡と、温情溢れる伝記として後世に残された。

3 『クランフォード』

『クランフォード』の人気の高さは、ギャスケルの善良さを表わす暖かいユーモアと、人間のあるべき姿に対する明るい希望に由来すると思われる。主題は独身女性の生き方と女性同士の友情である。女性の過剰人口という厳しい現実を踏まえているとしても、それを一見浮世離れした牧歌郷のような雰囲気のなかにふんわりと包み込んでいる。第一章冒頭を見よう。

まず第一に申しておきますと、クランフォードの町は女の軍勢（the Amazons）に占領されているのです。ある程度の家賃以上の家を持っているのは女ばかり。夫婦がこの町に住みついても、どういうわけか男の方が姿を消してしまいます。……かりにいたとしても男に何ができるというのでしょうか？……貧しい人たちに（いささか押しつけがましい）親切をほどこし、困っている時にはお互いにやさしく助けあうにしても、いずれにしても、クランフォードの淑女たちだけで充分事が足りるのですから。その彼女の一人がかつて私に言いましたように、『男って、家にいるととってもじゃまね！』というわけです」（小池滋訳）

「アマゾン」の語に注目し、この町に来る屈強な男は事故や病気で次々に消されていき、女だけが残るというように読めば、この小説は大変ラディカルなフェミニスト小説ということになるが、実はそうではあるまい。

中心的女性人物であるジェンキンズ姉妹をよく観察すれば、そのことがわかる。自己主張の強い老嬢である姉デボラは、いつも蝶型ネクタイ、旗手風のつば付き帽という男性のような服装をしている。彼女は男性への対抗意識をむき出しにし、攻撃的なフェミニストとして名を馳せ、「男女平等ですって、とんでもない！　女の方が上ときまっているじゃありませんか」と叫ぶ。ブラウン大尉という率直で男らしい退役軍人が住みつき、皆の尊敬を集めてしまった時、デボラは彼に猛然と文学論争を挑む。しかし彼女の敵意は、彼が男らしい男である間は燃えさかるが、やがて彼の長女の病気が重くなり彼が心労でやつれてしまった時、またその後彼が小さな女の子を助けるため列車に轢かれて死んだ時、彼女の怒りは忽ち氷解し、別人のように優しくなって、彼の二人の娘のために献身的な奉仕をするに至る。

デボラの妹で対照的におとなしいマティルダ（マティ）は、何事も姉の指示通りに生きてきて、自分では何の決断もできない。若いころ姉に邪魔されて破談になったホルブルックとの愛を大事な思い出としているが、姉を恨んだりはしない。五十歳をすぎたマティと、この昔の恋人との偶然の再会も束の間、彼も急病で死んでしまうのだが、それでもマティは未亡人帽をかぶり、黙って我慢強く生きていく。

このほかに、ミス・ポールという友人の老嬢がいる。彼女は威勢よく結婚反対論をぶち上げるが、語り手メアリ・スミスの観察によると、実はクランフォードの独身女性たちの心の底には、強い結婚願望が潜んでいるらしい。第十二章に「誰かが婚約したことがわかると、その直後にそのグループのなかの独身女性が、急に陽気にはしゃぎ出したり、新調の衣服を着はじめたりして、まるで無意識に暗黙のうちに、『私たちだって独身の女なのですよ』とこれみよがしのデモをしているみたいな様子を見せるものです」とある。スミスの見るところ、それはミス・ポールがグレンマイアの奥方とホギンズ医師との結婚を散々けなした日から約半月間、結婚反対論者だった彼女までが実にたびたび帽子や上着などの相談をマティと交わしていたのである。こういう記述によって、クランフォードの何人かの女性に代表されるフェミニズムは、実は強い男、男らしい男への強い関心や恐怖心から生じていることがわかる。第九章で語られる異国的な奇術師ブルノーニがやって来た時のヒステリックな興奮や、泥棒に対する滑稽なまでの恐怖も、女たちの自信のなさと異性への少なからぬ興味から来ているように思われる。

ギャスケルは、愚かな強がり屋のように見えたミス・ポールに、実は大変重要な役を与えている。この小説のなかでもっとも印象的なエピソード、つまり女同士の助け合いのイニシエーターになるのはポールであり、もう一人はマティの女中マーサなのだ。人のいいマティのささやかな全財産が銀行の倒産によって失われてしまった時、ポールは、マティには気づかれぬよう細心の注意を払い、近所の女たちから献金を募る。他方、女中マーサが破産した女主人を救うために考えたプランは次の通り。以前から付き合っていた青年と急遽結婚して、マティの家に住み、一文無しになったマティを下宿させて彼女を宿無しにしないよう計らうのである。このエピソードは女主人と召使の立場が逆転したかのように感じさせる。

語り手メアリ・スミスは、二十マイル離れた大都会ドランブルに住む若い女性だが、クランフォードの人々と親しく付き合い、たびたびここに滞在する。客観的に物事を観察し、冷静に判断できる半面、暖か味もあり、作者自身が託されていると思われる人物である。彼女も単なる傍観者ではなく、積極的な行為者の一人になる。マティが小さなお茶の店を開き収入を得ることを思いついて実行に漕ぎつけさせるのは、彼女である。メアリの父親で有能な事業家スミス氏が、マティの家財整理のためドランブルから駆けつけて来る。彼のテキパキとした仕事ぶりと、それに比べて事務的に全く無能力なマティとメアリの当惑が語られるが、その半面、第十五章では意外なことが明らかにされる。商取引に明るいはずのスミス氏自身が詐欺に引っかかり、最近一〇〇〇ポンド以上もの損失を蒙ったというのである。

終わり近く、マティの弟で幼時以来行方不明だったピーター・ジェンキンズが、何十年ぶりかで海外から戻り、姉のお茶店に姿を現わす。これもまたメアリ・スミスがマティを元気づけるべく、彼の行方を探すための手紙を内緒で書いた成果だった。ピーターは優しく社交的で、町中の老女たちの気に入られ、この町では珍しく歓迎される男性となる。しかし彼の帰郷は、姉の破産を救うためではない。マティが女たちの助けと自分の努力とで自立を果したあとに彼が帰ってきたということは、重要な意味をもつであろう。

十九世紀の英国社会で笑いもの的存在だった惨めな老年の独身女性が、男たちの力を借りずとも女同士助け合う姿を通して、実に微笑ましい頼れる存在として書かれている。異性に心惹かれつつも、生涯を支えあって生きることに腰を据えた女たちには、ほのぼのとした明るさと暖かさが漂っている。ここでブロンテの『シャーリー』に登場する二人の老嬢ミス・マンとミス・エインリーを想起しよう。彼女らが慈善事業に明け暮れながらもやり切れないほど孤独な生活を送り、しかも互いに交流し合うこともなく、皆からはその醜さを笑いものにされる描写を想起すれば、まさに対照的といえるであろう。ギャスケルは『クランフォード』において、無力な女たちが品位を保ちつつ、つつましく楽しく生きていくには、階級や貧富の差を越えた友情と共生が必要であることを示したのであった。

4　『ヴィレット』

ブロンテの場合、女同士の友情と支え合いはもっぱら二人の妹エミリとアンとの文筆活動に集中していたので、彼女らの死後に完成された『シャーリー』や『ヴィレット』においては、妹たちの意見を聞くことができぬことから来る孤独で不安な執筆の心境が、出版者G・スミスへの手紙のなかでたびたび訴えられた（一八五二年十月三十日、その他）。有名になったあとも文壇との交流を恐れていた彼女は、『ヴィレット』出版に際しても、「出版社の不利益になるのでなければなるべく匿名で」と希望した（同上）。彼女は孤独感が耐え難く発狂の不安にまで高まると、独身の友人E・ナッシーに助けを求め、ハワースに招いて滞在してもらうのだった。だが、自らも独身女性であるブロンテの友情観、友人評はどのようなものだったであろうか。

既婚婦人が夫や子どもにもっぱら心を向けるべきことはよくわかります。しかし独身女性はしばしばお互いを好き合い、互いの愛から多くの慰めを見いだします。しかし友情は強制できない植物のようなもので、真の友情は一夜で生え出て一日で枯れるトウゴマとは違います。私が初めてエレンに会った時、彼女を好きではありませんでした。私たちは学校友達でした。時がたつにつれて、互いの欠点や美点を知りました。私たちは対照的でしたが、それでも気が合いました。愛情は最初のうちは芽生えであり、それから若木になり、次いで強い樹木になりました。……ミス・マーティノウその人でさえ、私にとってエレンと同じ存在にはなりえません。しかし彼女は、良心的で従順で物静かで育ちのよいヨークシャーの一少女にしかすぎません。彼女にはロマンスがありません。もしも彼女が詩、または詩的散文を朗読しようとすれば、私はいら立って本を取り上げます。もしも彼女がそれについて話すなら、私は耳を塞ぎます。でも彼女は善良で、真実で、忠実で、私は彼女を愛しています。

（B→W・S・ウィリアムズ、一八五〇年一月三日）

この文面には、『ジェイン・エア』執筆についてさえ全く知らせていなかった親友への客観的な評価と冷静な感情が表われている。もう一人の、もっと知的な友人M・テイラーには、少女期の空想物語のことなどを告げていたが、ブロンテにとって不幸なことに、メアリは長い間外国に行って不在だった。『シャーリー』では二人のヒロイン、シャーリーとキャロラインの友情がテーマの一つとされているが、それは大して掘り下げられぬうちに、二人ともそれぞれ愛する男と結婚し、異性愛の勝利に終わるのである。

『ヴィレット』は、「孤独に起因する発狂の不安に苦しむ女の物語」という点で、当時のブロンテ自身の暗い心象風景をもとに書かれた作品であるといえよう。ブロンテは、虚弱で引っ込み思案の孤独のヒロイン、ルーシー・スノウの心理状態を「独房監禁」（solitary confinement）の囚人のそれになぞらえる。「世間の人々は食物がなくて死ぬという死に方については、十分理解できる。だが孤独な監禁状態の中で発狂に至る過程を理解したり追究したりする人は、おそらくほとんどいない」（第二十四章）。

独房監禁の比喩がまさにブロンテ自身の心理を表わしていることは，G・スミス宛ての手紙

（一八五一年二月五日）にその言葉が使われていることから明らかであろう。ブロンテの心中もっとも大きなウェイトを占めていたのは、社会における女性の状況ではなく、あくまで自らの深い孤独であった。彼女は自分の容姿や非社交性に関する根強い劣等感から、異性愛には強く惹かれながらも、「結婚」への見込みを固く拒んでいた。若いころ二番目に求婚を受けた男、アイルランド人のプライスという牧師補を断ったあと、エレンに宛てて、「私はたしかにオールドミスになるべく運命づけられています。……私は十二歳のころからその運命への覚悟を決めてきました」（一八三九年八月四日）と書き送った。

とはいえ、ブロンテは女性の過剰人口の問題に無関心だったわけではない。彼女なりの特殊なやり方で、女性をめぐる社会問題に関わったといえるであろう。すなわち、彼女自身や妹たちが苦しい体験をした「ガヴァネス」の問題だった。

『ヴィレット』では先行作『教授』（一八五七、没後出版）と同様、舞台は学校に置かれ、生徒または教師としての女性の生き方が扱われる。異国の首都ヴィレットの女子寄宿学校は、クランフォードの町同様、女ばかりの共同体であるが、そこではヒロイン＝語り手であるルーシー・スノウは、宗教・国籍・言語などの諸面で異分子であり、激しい孤独感・疎外感に悩む。彼女がわずかに心を許すのは、ヴィレットに住む同じ英国人——昔なじみのブレトン母子、ホウム氏とその娘ポーリーナ、はすっぱな友人ジネヴラだけ――である。しかしルーシーがひそかに心を寄せたジョン・ブレトン医師は彼女を女として見てくれず、彼女の気持ちに気づくこともなく、美しいポーリーナと結婚してしまう。ルーシーはポーリーナのように男に奉仕し、男に保護される「家庭の天使」であることを拒む。他方、男友だちと遊び回るジネヴラが彼女に頼ってくると、手ひどく撥ねつける。このようにルーシーは、真の意味での女性の友人を持っていないといえるだろう。

　ルーシーが小説の半ばあたりから急速に心を開いていく相手は、貧しい教師ポール・エマニュエル一人であるが、彼が外国人で旧教徒であるという設定は、ルーシーの孤独と深く関わっているであろう。しかも折角芽生えてきた二人の友情を邪魔する女校長や神父だけでなく、当のポールまでが彼女を監禁したり、彼女の言動をスパイしたりするという点で、孤立無援の被害者としてのルーシー像が形成されていく。結局彼女が真に頼れるのは、女たちとの連帯や共生ではなく、ポールとの絆でさえもない、と作者は考えているようだ。最終的にルーシーの支えとなるのは彼女自身である。虚弱で孤独で貧しいこの女性に必要なのは、自らが力と権威を獲得することだけである。プロットをたどると、ルーシーはこの異国に渡ってきてから、まず女校長の家の子守りとして雇われ、次にその学校の教師になり、やがて女校長に負けぬほど有能な自分自身の学校の経営者になっていく。ポールは、ルーシーが自分自身を育て開花させるための媒体的存在といえるであろう。結末のフォーブール・クロティルドの家と学校は、ルーシーが孤高を守り自己を保全するための砦である。

ルーシーとポールは愛し合っているが、二人は初めから結ばれるはずのないカップルとして設定されていると考えられる。ルーシーは女の自立の力、孤高の尊厳を発揮すべき主人公であり、「海の向こうのポールからの手紙を心の支えにして働く三年間がもっとも幸福であった」（第四十二章）と書かれていることの意味はそこにあるであろう。ルーシーの経営する学校には大勢の女性が出入りするとはいえ、それは相互依存や連帯の場というよりは、ルーシー一人の王国なのである。

ブロンテは妹たちの死後、『ヴィレット』の執筆が難航停頓していた時、エレンに宛てた手紙（一八五二年八月二十五日）に次のように書いた。「時々私の心を呻かせる苦しみは、私が独身女であり、今後もずっと独身女のままでありそうだということではなく——私が孤独な女であり、今後も孤独でありそうだという立場にあるのです。しかしそれは仕方がないことであり、それゆえ是が非でも耐え忍ばねばなりません」この文面通り、ルーシーは孤独を自分の運命として雄々しく引き受けて生きていくのである。

こうしてブロンテは独身女性の生き方について、『クランフォード』とは対照的な作品を書き上げた。『教授』や『ジェイン・エア』や『シャーリー』では、孤独のヒロインにとって異性愛・結婚愛が最終的な砦であったのに対し、最後の小説『ヴィレット』では作者はついにその究極の拠りどころまでも自ら捨て去ったと思われる。

5　「真実」とは何か

前にも触れたブロンテからギャスケルへの手紙（一八五三年七月九日）は、その解釈をめぐって批評家がたびたび問題にしてきたものであるが、独身女性の生き方に関する二人の作家の対照的処理を確認するには絶好の材料であると思われる。これは『ヴィレット』出版から約半年後、『クランフォード』出版からは約一ヵ月後に書かれたものであるが、その一部を引用しよう。

お手紙ありがとうございました。それは静かなおしゃべり同様心地よく、春雨のように嬉しく……つまり、『クランフォード』の一ページに大変よく似ておりました。……私はその御本を楽しく読みました。いきいきと表現され、含蓄や洞察力に富み、明敏でありながら、優しく寛大です。

ふと思うのです。大勢のご友人やお知り合いをお持ちのあなたは執筆にとりかかる時、その人々との絆や心地よい交際からご自分を引き離し、あなたの作品が他の人々にどのような影響を与えるだろうか――それがどんな非難や共感を呼び起こすだろうか――という意識に影響されないで、完全にご自分自身でいること（to be quite *your own woman*）がたやすくお出来になりますか？ ご自分の秘めた明敏な魂のなかにある厳しい真実（the severe Truth）と、あなたとの間を、明るい雲（luminous cloud）がさえぎることはありませんか？ 要するにあなたは、常に優しい気持ちを持って（*feel* kindly）はいるが、時には正しく見る（*see* justly）ことができないような人々の考えに、ご自分の考えを同調させる傾向により、人物たちを実人生（the Life）よりも気立てのよい人物にしようという気になることはありませんか？ この質問にはお答えくださいますな。答えて頂くつもりはありません。

この手紙を「ギャスケルの作品が真実を書いていない」という批判として受けとるか、そのような解釈に抵抗を覚えるかは、人それぞれであろう。私自身としては、次のように解釈したい。まず"to be your own woman"とは「自分自身の女主人として、他人の思惑に動かされることなく、全く自分の意思通りに書く」という意味であり、ジェイン・エアの"I am my own mistress."という言葉と相通じるものがある。もう一つの要点は「明るい雲」とは何ぞや、である。これは「ぬくもりのある、あいまいな、ほのぼのとした人情」であり、さらに突きつめれば「センチメンタルな感情」を意味すると考えられよう。この雲は明るい光を発する雲とはいえ、暗く厳しい真実を正しく見ることを妨げるものの比喩であろう。つまりブロンテによれば、明敏なギャスケルは「厳しい真実」を感知しながらも、心の優しさゆえに周囲の人々の感情を傷つけないように書く、つまり正しく見ることのできない人々をもきつく批判したりはしない、という傾向があるのではないか、というのである。

われわれとしては、この手紙から、二人の作家の創作態度、「真実とは何か」「何を真実として書くか」についての認識が全く異なることを読みとるべきであろう。ブロンテは若いころから、創作における「真実」の重要性に執拗にこだわり続けた作家である。G・H・ルイスとの論争に明らかなように、彼女の創作上の道しるべは、大文字で始まる"Nature"と、大文字ではじまる（または定冠詞つきの）"Truth"だった（B→G・H・ルイス、一八四七年十一月六日）。さらに言えば、彼女の諸作品はその二つと"imagination"との拮抗の図式を示す軌跡であった。彼女が尊重した「真実」は、時の経過につれて、最初の小説『教授』で「小説家は実人生（real Life）の研究に決して飽きてはならない」（第十九章）と書いた内容――いわば外面的リアリズム――から次第に変質していったように思われる。それは彼女の肉眼ではなく、心の眼がとらえた主観的・絶対的な事物の核心であり、魂の秘所に潜む信念であった。

よく知られたエピソードであるが、ブロンテはルイスの助言に従ってジェイン・オースティンの作品を読んだ結果、「オースティン嬢には、あなたもおっしゃる通り、『感情』も詩もありませんから、多分分別のある現実的な（真実というよりは現実的な）人でありましょうが、偉大とはいえません」（B→G・H・ルイス、一八四七年十一月十六日）と書いたのだった。しかもブロンテはこの手紙の後半で、「あなたと意見が違いますのでお怒りを買うかもしれませんが、仕方がありません」と率直に述べている。人を不快にさせず傷つけないよう気を遣うギャスケルとは、まさに対照的である。

もう一つの例を挙げよう。父パトリックが『ヴィレット』を悲しい結末にしないように、つまりルーシーとポールが結婚してその後幸せに暮らしたというようにしてほしい、と強く希望したにもかかわらず、シャーロットはそれに従わなかった。老父の願いへの唯一の妥協は、ポールの死を明示せず、明るい想像力の持ち主には明るい結末を想像させる余地を残しておく、ということだった。ギャスケルは『シャーロット・ブロンテの生涯』にこう記している。「ポールの海における死という考えは彼女の想像力のなかに深く染み込んで、ついに明白な力をもつ現実（distinct force of reality）になっていた」（第二十五章）と。ここでは「現実」という語が大文字の「真実」とほぼ同義で使われており、しかも想像力との関係までもが示唆されている、と考えてよいだろう。要するにブロンテにとっては、ポールの死後、ルーシーが自分の力と彼の思い出に拠って一人で生き抜くという結末こそが、女性の人生に彼女が見た「真実」であったのだ。

例の問題の手紙がギャスケルの創作態度に対する批判だったとしても、ギャスケルからの返信は残っていない。この件について、ギャスケルは『シャーロット・ブロンテの生涯』のなかで、次のように当り障りのない言葉であっさりと触れているにすぎない。「それは、小説はどうあるべきかについての考えとともに、私が取りかかっているものに対する彼女の常に好意的な関心を示している」（第二十七章）このようなギャスケルの優しさ、寛容さ、また人情味を、ブロンテは「明るい雲」という暗喩で表現したのであろう。伝記のなかで、ブロンテの恋の一件を伏せたギャスケルにとっては、事実への忠実さよりも友情を守ることの方が重要であったと思われる。

ギャスケルの場合、「真実」は多面的で柔軟で、場合によってさまざまの形をとるように思われる。私が彼女の手紙で見る限り、ブロンテが使うような大文字で始まる“Truth”は現われない。『ルース』のヒロインが死ぬという結末を事前に知らされたブロンテが強く抗議をしたにもかかわらず、ギャスケルはそれを変えようとはしなかった。『ルース』の出版から約半月後、「堕ちた女」に満腔の同情を注ぐこの作品に世間の非難が集中したころ、ギャスケルは、『ルース』には「飾りけのない厳粛な真実」(a very plain and earnest truth)を書いた、という趣旨の手紙(G→モンクトン・ミルンズ、一八五三年二月十日)を書いている。前記のブロンテの信条 "the plain truth", "the severe Truth" と一見大変よく似た表現ではあるが、その意味するところはかなり距っているように私には思われる。この場合のギャスケルの "truth" は不定冠詞つきの小文字のそれであり、複数の真実のうちの一つである。エリザベス・ブラウニングはシャーロット・ブロンテ同様、この作品に感動しながらも主人公の死という結末に疑問を呈した一人であるが、「『ルース』は高貴で美しく、人の心を浄化させる多くの真実(truths purifying)を含んでいます」とギャスケルに書き送った、とジェランは『エリザベス・ギャスケル――伝記』に記している。この結末を、「堕ちた女」に断罪を下すというヴィクトリア朝的社会通念に妥協したものと見なすかどうかは別として、『ルース』が、そしてギャスケルの多くの作品が、恵まれない立場の弱者たちの個別的事例に対する作者の優しい感情をもとに書かれたことは否定できない。

ギャスケルが書く「真実」は、ブロンテの場合のように作者一人の主観によって規定され絶対化されるものではなく、社会の種々相、個々の対象ごとに喚起される相対的なものであったといえよう。先行作『メアリ・バートン』に関するギャスケルの言葉も、そのような解釈を可能にする。「私は問題のほんの一面を表現したのだということを知っていますし、いつもそれを認めてきました。……私がメアリ・バートンで書いたことは完全に事実通り（perfectly true）ですが、すべての真実（the whole truth）ではありません。……いずれか一作品のなかでそれをすることは不可能であると思います」（G→レイディ・ケイ＝シャトルワース、一八五〇年七月十六日（？））その意味で、ブロンテの問題の手紙のなかの「優しい感情をもつ」は作家ギャスケルの、そして「正しく見る」はブロンテ自身の創作の基本態度を、それぞれ言いあらわしているようにも感じられる。

実はギャスケルは、ブロンテから指摘されるまでもなく、作家として人間としてのブロンテとの根本的差異をはっきりと自覚していたことが、次の手紙から推察される。

ミス・ブロンテと私との違いは、彼女は自分のなかにある手に負えない性質（naughtiness）の全てを作品に投入し、私は私の善良さ（goodness）の全てを作品に投入するということにあります。彼女は陰うつさを作品に大量に吐き出すことによって、きっと自分の人生からそれらを追い払うのです。そして私の作品は私自身よりずっと善良なので、私はそれらを書いたことを、まるで自分が偽善者であるかのようにしばしば恥ずかしく思うのです。

（G→レイディ・ケイ＝シャトルワース、一八五三年四月七日）

最後にもう一度『クランフォード』に立ち返ることにしよう。それはギャスケルのお気に入りの作品だった。

それは私自身の本のなかで、繰り返し読むことのできる唯一のものです。気分が悪かったり病気だったりする時はいつも、私は『クランフォード』を手に取り、そして――それをエンジョイすると言おうとしましたが（その言い方は適当ではないでしょう！）――それを読んで、また新たに笑うのです。というのは、それもまた真実であるからです（It is true too）。なぜなら私は灰色のフランネルの上着を着た牝牛を見たことがあるし――またレースを呑みこんだ猫……を知っているからです。

（G→ジョン・ラスキン、一八六五年二月（？））

これらの表現から、ギャスケルにとっての真実はいくつもあること、しかもそれらは概ね「事実通り」「現実に見た通り」という意味で用いられていると推定してもよいだろう。フランネルを着た牛とレースを呑みこんで下剤をかけられた猫——おそらくギャスケルがナッツフォードで実際に見たであろうこれらの憐れにも可笑しい動物たちもまた、クランフォードの世界の重要な一員として、女たちと共生しているのだ。仮りにブロンテがこのほのぼのとした題材を目にしたとしても、彼女は作品には取り入れなかったであろう。それらは彼女の魂の底に確固たる形をとる「厳しい真実」とは根本的に相容れぬものだったと思われるからである。

ギャスケルは「明るい雲」を通して、女たちの共生を、ブロンテはオプティミズム抜きで女の人生の孤独を、それぞれの作品に結晶させたのである。

第五章　英文学とフェミニズム

みなさん、こんにちは。今日は「英文学とフェミニズム」という題で、十九世紀以来の女性作家のお話をするわけですが、まず申し上げたいことは、女性作家の活躍が社会の動向と非常に深く関わっているということです。

1　社会の動向と女性作家

メアリ・ウルストンクラフトというフェミニストが『女性の権利の擁護』という重要な本を書きましたが、その記念すべき出版の年が一七九二年でした。それから、これは男の人で、ジョン・ステュアート・ミルという思想家・経済学者が『女性の隷属』という本を出しましたが、それが一八六九年でした。『女性の権利の擁護』の出版から、『女性の隷属』の出版まで約八十年あったわけですが、この八十年間というのが、イギリスにおける最初の女性文学の隆盛期になったのです。これは決して偶然ではなくて、イギリスの社会の動きと非常に密接に関連しています。

この時期はどういう時期であったかと言いますと、イギリスでは産業革命が一七六〇年ごろから始まって、農業国から工業国へと急速な発展を遂げておりました。それに伴って多くの女性たちが家庭から工場労働へと進出していきました。そこで女性解放思想が目ざましく発展して、女性に関するさまざまの社会的、経済的、政治的、また法的な変化が次々に起こって、大勢のフェミニストが育った時代です。

女性の状況に関する主な事件としてはどういうことがあったかと言いますと、一八四〇年代から五〇年代に、女性の過剰人口という問題がありました。一八五一年に行われた国勢調査によりますと、女性の人口が男性よりも五〇万人以上も多かったのです。これは、男女の死亡率の違い、特に子供の死亡率の違いによります。また当時イギリスは植民地を拡大していった時代でしたので、男性は植民地などに進出していくわけですね。そこで国内には女性が多く残るということがありました。それから中流以上では、男性が晩婚ということがあって、女性の人数が多いだけではなくて、結婚難の時代だったわけです。

さらに困ったことに、その多くいる女性が自分で食べていこうとしても、女性がお金を得るために働くのは卑しむべきこと、恥ずかしいことであるという、そういう風潮が世の中に蔓延していた時代でした。しかも中産階級の女性の職場というのは限られていまして、「ガヴァネス」と呼ばれる住み込みの家庭教師、あるいは学校教師、それぐらいしか仕事がなかったのです。

そこで女性は、結婚市場でもなかなか結婚できないし、労働市場でも職がないという、つらい立場にあったわけですね。ガヴァネスになるしかしょうのない中産階級の女性は、どんなに過酷な条件でもやっぱり働かないと困るわけですから、大勢の求職者が集まってきます。だから、ちっとも労働条件がよくなりません。

そこで、ガヴァネスの労働条件の改善、女性の地位の向上、それから女性の立場を守るためのさまざまな運動が次第に起こってくるようになりました。例えば家庭教師互助協会の設立が一八四一年でした。それからガヴァネスに教育を授けるために、ロンドン大学にクィーンズ・カレッジが一八四八年に創立されました。

離婚・婚姻訴訟法という法律が成立したのが一八五七年でした。全国婦人参政権協会の設立が一八六七年です。こういうふうに女性の権利のための多くの運動が起こり、またそれなりに効果を上げていった、そういう時代だったのです。たくさんのフェミニストが活躍しましたが、それが優れた女性作家が大勢現われた時期と重なっています。女性の文筆の歴史を考えますときに、私たちは、社会的存在としての女性という、そういう見方を忘れてはいけないと思います。

2　英国女性作家の祖――アフラ・ベーン

さて、イギリスの女性作家に、アフラ・ベーンという人がいます。一六四〇年、シェイクスピアの死後二十余年して生まれた、女性作家の先祖と言ってもいいような人です。

もちろん、この人よりも前に女性の文人がいなかったわけではありません。例えばルネサンス期のイギリスのものを書く女性としては、ニューカッスル公爵夫人マーガレット・キャヴェンディッシュという人がいます。彼女はたいへん多才な人で、詩だとか、夫の伝記を書いています。しかし、貴族の女性の暇つぶしの趣味みたいに世間には受け取られたわけですね。そして彼女自身は、不思議なことに徹底的な女性蔑視主義者でした。フェミニストとは反対でした。にもかかわらず、この人は詩集を出版したというので、世間から悪口を言われて、狂人扱いされてしまいます。女性がペンを取って自分の意見を述べ、あるいは自分の感情を表現するのは、非常にけしからぬこととされていた時代でした。

その後、アフラ・ベーンが登場します。市民階級出身の女性として、お金を得るために職業作家としてペンを取ったというのはこの人が初めてです。

床屋の娘として生まれたわけですから、あまりお金持ちとは思われません。しかもオランダ人の夫を持ったのですが、その夫が短い結婚生活の後で亡くなりました。そこで彼女は食べていくためにさまざまなことをやり、たいへん数奇な生涯を送りました。その間に十七篇の劇と十三篇の小説を書きました。詩も作りましたし、翻訳もしました。オランダ語をよく知っておりましたので、オランダとの関係でスパイのような仕事をしていたという噂もあるわけですが、これはよくわかりません。そして自由奔放な恋愛に生きて、四十九歳で亡くなりました。この人の作品は、以前は芸術的な完成度はあまり高くないと言われていましたが、今や見直しが始まっていまして、非常に注目を浴びております。イギリスのプロ女性作家第一号としての彼女の意義は、これから申し上げる三つの点において注目すべきものがあります。

まず第一は『強制結婚』という劇で、一六七〇年です。これは父親の意志のままに結婚させられる女性をめぐる悲喜劇で、家庭や社会における女性の弱い立場と、それから家父長の圧力というものに非常に強い関心が示されています。

それから二番目のポイントとしては、『オルノーコ』という題の小説が一六八八年に出版されました。どういう内容かと言いますと、王子様が祖父王に疎まれ宮廷から追放されて、奴隷の境遇に落ちるのです。反乱を起こして失敗したり、今まで知らなかった世の中の裏表を体験するわけです。時期が早いにもかかわらず、女性として奴隷の問題というものに注目したというその視点が、たいへんに注目すべきことと思われます。

女性作家における奴隷の問題については、シャーロット・ブロンテの『ジェイン・エア』を例にとりましょう。私はブロンテが好きなので、今日のお話の中では『ジェイン・エア』をたびたび例として取り上げます。皆さんご存じと思いますが、ジェインは親戚の家で冷遇され、従兄の男の子に暴力をふるわれて、「あなたは奴隷使いみたいよ」と叫ぶところが最初の喧嘩の場面に出てきます。女性や弱者が置かれていた奴隷のような立場というものに、ブロンテは目を向けていたのですね。それから、アメリカの南北戦争の精神的支柱となったストウ夫人の『アンクル・トムの小屋』(一八五二)という小説があります。これは奴隷解放小説ですが、ベーンの作品は女性の書いたその種の作品の先駆けとしての意味があると思います。

それから、アフラ・ベーンの三番目のポイントとして、批評の二重標準に対する批判の目を彼女は持っておりました。ダブル・スタンダードというのは、作者の性別によって作品の批評の基準を変えるという批評態度のことですね。

具体的な例を言いますと、『ジェイン・エア』が出ましたときに、非常にパッショネートな強烈な作品でありますから、大ヒットしてセンセーションが起こったわけです。シャーロット・ブロンテは女の名前で出すとはじめから悪く思われるのが明らかなので、この作品を男のような名前で書き、発表しました。男が書いていると思われていた間は大称賛を浴びていたのですが、どうも文章だとか、いろんなことで女性が書いたらしいということが噂になってきて、作者の正体探しということで大騒ぎになりました。やがて、どうもあれはヨークシャーの牧師の娘らしいということになったとたんに、批評の動向が変わって、女があのように強烈な恋愛を書くのはけしからんという、そういう批評が出始めます。これが批評のダブル・スタンダードの例です。

アフラ・ベーンは、女性が生計のためにペンを取る必要性というものを主張しました。そして、男性作家には許される猥褻な場面の描写が、女性が書くとたいへんな批判を巻き起こすということを明記しているのです。こういうわけで、時代が早いにもかかわらず、彼女はイギリスの女性作家の先駆者としての意義を持ち、プロの女性作家としての自覚がすでにあったといえるでしょう。

ヴァージニア・ウルフは一九二九年出版の『私だけの部屋』と題する評論の中で、中産階級の女性がペンを手にしたことは、十字軍やバラ戦争以上の歴史的な大事件であり、女性が思うままに書く自由が可能になったのはアフラ・ベーンによる、と書いています。さらにウルフは、十九世紀、二十世紀のイギリス女性作家は、先輩アフラ・ベーンの墓に花を供えて敬意を表すべきであると述べています。

ウルフは、このエッセイの中で、女性が優れた作品を書くために、どうしても必要なものが二つあると書いています。まず一つは、年収五〇〇ポンド。仕事がない女性だったら、年金でもいいし、親の遺産でもいい、とにかく一年に五〇〇ポンドのお金がいる。つまり、経済的自立が必要だということです。二つ目には、鍵をかけることのできる自分だけの部屋がいるということです。鍵のかかる自分の部屋というのは、精神の自由を保つということですね。今でも家庭の主婦が個室を持っているということはほとんどないのではないでしょうか。皆さんのお家をお考えになっても、お父さんの書斎はあっても、お母さんの部屋はない。お母さんはだいたい居間にいるか台所にいる、とこういうことになっております。ウルフはそれではいけないと考えたのでした。

3　ジェイン・オースティン――主体性の確立

アフラ・ベーンから百三十年後の十八世紀の後半に、ジェイン・オースティンが生まれました。彼女の作品は一見穏やかな感じでありまして、プロの作家としての自覚があまり強くなかったように見えますが、実はそうではなく、その作品の完成度は驚くべきものなんですね。そこに一つの小宇宙が完結したものとして示されています。ところが、このジェイン・オースティンが、当時の十九世紀の大多数の女性と同じように、自分の部屋などは持っていなかったのでした。

彼女は、家族や来客が出入りする居間の小さなテーブルで、ペンを執っていたのでした。南イングランドのハンプシャー州にチョートンという町があります。当時は村でしたが、そこにオースティンが八年間住んでいた家があります。大勢の文学好きの人がそこへ旅をするわけで、私も行きました。その居間へ行きますと、扉は開けてありますが、そこに「クリーキング・ドア」と書いてあります。つまり、軋る音がする扉であります。オースティンは、このドアの軋る音で人が来たのを察知して、今まで書いていた原稿を隠して、お客がいなくなるとまた続きを書くというふうにして、何度も中断しながら、しかもあのように見事な出来ばえの小説を書いていったのでした。

そういうわけで、物理的に自分ひとりの部屋がなければ書けないということではありませんが、ヴァージニア・ウルフは、精神の自由を女性が保たなければ素晴らしい作品は書けないということを比喩的に言いたかったのだと思います。

オースティンが最初に出しました小説は、『分別と多感』、一八一一年です。この小説は、作者名を伏せて、By a Lady、つまり一人の女によって書かれた、という形で出たのです。つまり、匿名であったということです。その後のオースティンのいくつかの小説もまた、By the author of *Pride and Prejudice* というように、自分の名前を出さないで出版されました。当時の社会では、女性が作家になるということに非常に大きな抵抗があったということがわかると思います。

ところでこのジェイン・オースティンが作家となるその形成の道筋には、男性の力と女性の力、あるいは男性の伝統と女性の伝統の両方が関わっていたというように思われます。彼女の作品の出版に最初に力を貸したのは、お父さんとお兄さんでした。お父さんはイギリス国教会の牧師であり、それぞれかなりの学識や教養のある何人もの立派なお兄さんがいました。彼女の作品を最初に読んで的確な批評をしてくれたのは、文学に確かな目を持つ、こういう男の家族でした。彼女は主として家庭で教育を受けたわけですが、お父さんの書斎には五〇〇冊以上もの本があり、それを読み耽って育ったのでした。オースティンだけではなくて、十九世紀に活躍したイギリスの女性作家の多くが、牧師の娘、あるいは牧師の妻であるということは重要なことだと悪います。これは書斎に本がたくさんあるということですね。

オースティンは、お父さんの蔵書によって十八世紀の男性作家のサミュエル・リチャードソンを一生懸命読んだと推定されております。このリチャードソンは、英文学史上大きな存在でありまして、イギリスの本格的な小説の先祖と位置づけられ、、代表作の『パメラ』（一七四〇）は、非常に多くの影響を女性作家に与えました。

この小説では、パメラ・アンドリューズという名前の貧しい家の女の子がご大家の小間使いになります。ところが若主人がパメラの美貌に目をつけ、誘惑しようとするんです。彼女は非常に賢い少女でありまして、相手の計略にかからないように毎日いろいろ工夫をして貞操を守るわけですね。そしてその悩みや苦労を故郷の親に手紙で書き送る。そうするとお父さんが心配して手紙を寄越す。その手紙で成り立っている書簡体小説なのです。ついに彼女は誘惑をしりぞけ通して、やがてこの若主人も彼女の立派さに気がついて、心から敬愛するようになる。そして正式の求婚をして、パメラは玉の輿に乗る、とこういうストーリーですね。「美徳の報酬」という副題を考えると、ちょっとクエスチョン・マークをつけたいようなところもありますけれども、これは身分の低い女性が才気によって自分を磨いて、あるいは自分を守ることによって、社会的な階層が上の豊かな家庭の男性と結婚するという、そういうその後の女性の小説の一つのタイプのもとになったと思われています。

ジェイン・オースティンは、女性の自己修養が結婚という形で完成するという、『パメラ』に見られるヒロインのタイプを発展させたということが言えると思います。十八世紀から十九世紀にかけてのイギリスでは、財産の相続上、女性は非常に不利な立場にありました。一般的にいって、特別の場合以外は、女性には相続権がなかったんですね。また職業もないのです。そこで、女性が将来いかに安泰に生活できるか、食べていけるかということは、結婚にかかっていました。どうやって食べていくかというと、夫に養ってもらう以外にはないのでした。だから、社会的に自分よりも上で、経済的にも恵まれた男性に妻として選ばれることが、それによって生活が保証されるということで、そうなりますと愛情の問題は二の次にならざるを得ませんでした。

ジェイン・オースティンはこのような社会を背景として、ヒロインが内面的、外面的に自分を磨くと同時に、よき男性との結婚を成就する、こういう小説のパターンを完成したのでした。

しかし、サミュエル・リチャードソンのヒロインと、ジェイン・オースティンのヒロインとの間には、根本的に違いがあるのです。どういうふうに違うかと言いますと、リチャードソンの書いたパメラは小間使いで、ひたすら主人から妻として選ばれるのを待っているわけですね。そしてその結婚を恩恵として受け止めるわけです。それに対してオースティンの代表作である『高慢と偏見』(一八一三)のヒロイン、エリザベス・ベネットは、だいぶんパメラとは違うのですね。

ベネット家は経済的に余裕のない、五人も娘のいる中産階級の家庭です。そこに次女として生まれたエリザベスは、ダーシーという男に関心を向けます。ダーシーは大地主です。ダーシーもエリザベスの個性を愛しはじめるのですが、身分が高いだけに、ちょっと高慢ちきに見えるわけですね。そこで相手が高慢な態度を捨てるときまで、エリザベスは彼の求婚を受け入れないのです。つまり、彼女は同じように結婚を待つとしても、主体的な態度を貫いて、ノーと言える女性であるというところがパメラとは違うと思われます。

しかし、オースティンの小説の形成に影響を与えたのは、リチャードソンによる『パメラ』の伝統だけではありません。もっと大事なのは、女性文学の伝統です。オースティンは若いころ、牧師のお父さんの蔵書にはなかった女性作家の作品を、むさぼるように読んだのでした。イギリスではジェイン・オースティン以前に、なんと一〇〇人以上もの女性小説家が活躍していたということが、最近わかってきたのです。

オースティンは、フランシス・バーニー、マライア・エッジワース、ゴシック小説を書いたアン・ラドクリフ、こういう人たちの作品を一生懸命読みました。そのほかにも、夥しい数の女性の作品を読んだと思われます。彼女は手紙の中で、自分の日々の支えになったのは女性の小説だった、と告白しています。彼女はそれらの本を批判力を働かせて読み、時に模倣したりしながら、結局はそれらをはるかに超える作品を書くことができたのです。

オースティンの時代、男性作家ならば大学の友人、あるいは先輩や後輩のつながりを活用することができる。そういう人たちと合作をしたり、批評しあったり、勉強会をやったり、出版の便宜を図ったりすることができます。しかし、女性は大学に行くことができない時代でしたから、学校友達というのはほとんどいないわけですね。

現に男性の例をとりますと、オースティンと同時代のロマン派詩人のワーズワースとコールリッジ、この人たちはケンブリッジ大学の先輩と後輩で、今申し上げたようなやり方で、二人で力を合わせて活躍したのでした。北イングランドの湖水地方の美しい自然の中で、ロマン的な詩を書き、共同で詩集を出版して、イギリスのロマン主義運動の先駆けになっています。

彼らと同時代でありながら、ジェイン・オースティンは大学に行くことができませんでした。当時は、女性は遠くに旅をすることさえできなかった時代でした。そこで彼女は、女性作家の作品を買い込んで、一生懸命それを読むことによって、多くのものを学びとったと思われます。

オースティンがフランシス・バーニーから学んだという証拠があります。これは彼女の代表作の『高慢と偏見』という作品の題名の由来が、バーニーの『セシリア』という一七八二年に出た小説の、最後の章の一つのフレーズから借りてきた、“Pride and Prejudice”という言葉なのです。

バーニーの小説のヒロインのセシリアは孤児ですが、彼女が相続すべき遺産を手に入れようという悪い後見人たちと縁を切り、自分の財産相続権も放棄して、愛する男性と結婚するのです。オースティンは、自分の判断や主体性を発揮して、大事なときにはノーと言える女性で、積極的によい結婚を成就するために努力していくヒロインの原型を、このバーニーの『セシリア』からも得たのではないかと思われます。

4　シャーロット・ブロンテ――情熱への権利、ステレオタイプへの反逆

ジェイン・オースティンの時代に続くヴィクトリア朝の女性作家の代表として、シャーロット・ブロンテを取り上げたいと思います。ヴィクトリア女王の在位期間は、一八三七年から一九〇一年ですが、その年代を中心にした時代を、ヴィクトリア朝と呼びます。

このヴィクトリア朝の初期から中期にかけてのイギリスでは、産業革命の進展と植民地帝国の発展によって、男性は職場へ、さらに海外の植民地へと向かっていったのでした。それに伴って、中産階級の家庭は男たちの慰安の場になっていきます。昼間はものすごく働くわけですから、家庭は夜憩う場所である、ということになりました。ということは、女の役割は男を慰めること

でなければならない。つまり、家庭の天使でなければならないということになったのですね。コヴェントリ・パトモアという男性詩人がいて、『エンジェル・イン・ザ・ハウス』という詩集を書き、それが大ヒットしたのです。そこに書かれている古風な女性観が、当時のヴィクトリア朝の女性観にぴったり一致したから売れたのです。そして、この「エンジェル・イン・ザ・ハウス」という言葉が流行り言葉になってしまったのでした。

この時代の男性作家サッカレーとディケンズの小説には、「家庭の天使」とも言うべき女性像が続々と登場するのですね。彼女たちは、性的魅力とか、あるいは性への欲求さえも持たない、真の人間性とはまったく無縁な、男性によって歪められた非現実的なステレオタイプでした。

ところがひるがえって考えますと、さっきお話したように、二世紀も前に、アフラ・ベーンが女性の赤裸々な猥雑ささえも劇に仕立てていました。それに比べると、今や女性は性のない存在、天使のような無性の存在にされてしまっていて、これは非常に不健全な現象です。時代の違い、社会相の違い、また、男性が抱く女性観と、女性が抱く女性観との違いというものに気づかずにはいられません。

その時代、女性人口が非常に多かったわけですから、結婚できない女性が多い。しかも、住み込み家庭教師ぐらいしか職業がなくて生活難である。ヴィクトリア時代には、こういうさまざまの社会問題が生まれてきたわけですね。これにしたがいまして、文学作品に見られる女性のステレオタイプも、家庭の天使だけではなくて、そのほかにいくつものイメージが現われてきました。例えば、ぎすぎすしたオールドミスというようなタイプも作品の中で定着しました。しかも、そのような女性を生み出してくる社会の矛盾に目を向けることはしないで、そうした気の毒な状況に置かれた女性を一方的に嘲笑するという風潮が強くなってきたのです。

皆さんが、もしイギリスの小説をお読みになると、かなり誇張された形で、これらのタイプのどれかに当てはまるような女性がいっぱい出てきます。もともとヨーロッパやアメリカではキリスト教の伝統が強いので、母とか妻とか美女とか貴婦人というイメージは、理想化されていきますと、女神とか天使、あるいは聖母マリアと結びつきます。これが逆の方向に進みますと、旧約聖書の「創世記」に出てくる誘惑者イヴですね。これは往々魔女・狂女・売春婦のイメージと結びつきます。アダムを誘惑して禁断の木の実を食べさせるイヴと、不毛な性の象徴としてのオールドミスという、この二つのイメージは、性的存在としての女性の両極端を示しているわけで、そのどちらもが男性の勝手な幻想で好奇と嘲笑と軽蔑の対象にされてきたのです。

ヴィクトリア朝中期の男性作家たちが、現実の女の姿とはほど遠い天使像を作品の中の女性に求めていたのに対して、大胆にそれに挑戦したのが、シャーロット・ブロンテでした。ジェイン・エアがロチェスターに向かって「私は天使ではありません、人間の女です」とはっきり宣言する場面があります。

『ジェイン・エア』(一八四七)には、女性にも男性と同じように能力を発揮する活動の場が必要だということを、ジェインが述べる有名な場面があります。男女の同権とは、男性もまた女性と同様に性道徳を守るべき義務があるということであり、ジェインがロチェスターに妻があることがわかったとき、血の出るような思いをして彼のもとから去っていくということにも表われています。

しかし、ジェインのようなヒロインにとっても、結局は結婚こそが望ましいゴールでした。ただ、オースティンにはなかったブロンテの大きな特徴は、女性が主体として、愛する自由、情熱への権利を強く主張したことと、家父長制的な社会への批判を明らかにしたことでした。

もう一つ重要なことは、この二人には、ヒロインの結婚への態度に非常に大きな違いがあるということです。オースティンのヒロインは、一度はノーと言っても、結局は自分よりも豊かで社会的にも一段上の男と結婚するということに落ち着くわけで、それが、ゴールなんですね。しかし、ブロンテの『ジェイン・エア』の場合は、彼女が結婚するときには、自分が遺産相続によって経済的自立を果たすということがまず大事なことで、そして、相手のロチェスターは逆に火事によって家屋敷を失い、片手と両目の視力を失って、貧しく弱くなったときでありました。こういうふうに、『ジェイン・エア』のテーマは、それまでの女性文学の伝統に大きな変化をもたらしたわけです。つまり、一見したところは家庭教師の女が、雇い主である上のクラスの男性と結婚するという点で、『パメラ』の伝統に似ているようでありながら、実はそうではない。ロチェスターが弱く貧しくなり、自分が財産を持って強くなったときに結婚する選択権を持つ女性、というタイプを作り上げたのです。

ブロンテが『ジェイン・エア』よりも前に、つまり最初に書いたのは『教授』という小説ですが、これはなかなか出版できなくて、彼女が死んでから一八五七年にようやく出版されました。この作品には驚くべきことに、結婚後の男女の共稼ぎの問題が取り入れられています。このヒロインは、愛し合う男性と結婚をするのですが、学校経営を始めて、二人で協力して仕事を続けながら子供を立派に育てていくという、そういう新しいタイプの結婚後の女性の仕事という問題も追究しているのです。

また、ブロンテが最後に書きました小説『ヴィレット』(一八五三)は、ベルギーのブラッセルを舞台にして、そこの仮の名前をヴィレットと言っているのですが、これはブロンテが留学していた思い出の町ですね。この作品では、結婚しない女の問題が扱われています。自分の愛する男性が海で嵐のため亡くなったあと、外国で一人で学校を経営していく、孤独だけれども毅然として仕事に生きるイギリスの女性の生き方を扱ったのでした。『ジェイン・エア』のように激しく若々しい小説と違って、これはブロンテの晩年に書かれましたので、体の弱い中年の女性の非常に孤独な生き方、つらい運命の中で負けずに生きていくという女性の生き方を、地味ではありますが心に沁みるように扱っている傑作であると思います。

このようにして、シャーロット・ブロンテは、結婚で終わるという当時の小説の慣習的な結末を、半歩だけではありますけれども踏み越える兆しを見せている、というように私は思います。

シャーロット・ブロンテの妹が、『嵐が丘』を書いたエミリ・ブロンテ。それからその下の妹は、アン・ブロンテ。三人姉妹そろって優秀な小説家です。こういうことは世界文学史上、ほとんど例がありません。ブロンテ姉妹と言われる人たちですが、この三人ともが、男性的なペンネームを使って書いたのでした。シャーロット・ブロンテはC・Bという頭文字ですから、カラ・ベルという名前にしました。エミリ・ブロンテはE・Bでエリス・ベル。アン・ブロンテはA・Bでアクトン・ベルという名前を使ったのです。それは、女性が小説を出版するということに対する当時の社会の批判を考えた結果で、つまり、批評のダブル・スタンダードを避けるためでした。

彼女たちとほとんど同じ時代に、もう一人の偉大な女性作家がいます。ジョージ・エリオットという名前を、皆さんはご存じでしょうか。ジョージというのは明らかに男の名前です。これはメアリ・アン・エヴァンズという可愛らしい名前の女性が、中年になってからジョージ・ヘンリ・ルイスという批評家と愛し合って一緒に暮らした、その恋人の名前を借りたのです。

同じ頃に、フランスではジョルジュ・サンドが活躍しておりました。詩人のミュッセとか、それからショパンと情熱的な恋愛をしたフランスの有名な女性作家であります。これもジョルジュというのは、英語で言えばジョージですから、やっぱり男性名です。ジョルジュ・サンドは女性への抑圧をはね返そうと、ズボンをはいてパリの町を闊歩し、共和主義的な生き方をした女性でした。たくさんのおもしろい小説を残しています。

ブロンテ姉妹は、結婚という家父長制的な制度そのものを作品の中で問い直すというところまではいきませんでした。まだヴィクトリア時代ですから無理もないのですけれども、しかし、姉妹の小説は、いずれもぎりぎりのところで、いわゆる姦通小説に隣接しています。それはどういう意味かと言いますと、『嵐が丘』（一八四七）を考えていただければおわかりになると思いますが、この小説では女主人公のキャサリンと、悪魔的な主人公ヒースクリフとが、子供のころから一緒に育って、兄妹のように結び合わされています。それぞれ別の人と結婚するのですが、そういうものを超えて、一つの魂が半分ずつに分かれたような、根がつながっているような情熱愛によって、生涯、心と心が結ばれています。キャサリンは先に死んでしまうのですが、ヒースクリフは彼女の亡霊を見ながら生き、彼の死んだあと、二人の亡霊が手をつないで嵐が丘の荒れ野を闊歩しているというところまで、エミリ・ブロンテは書くわけです。これはもうぞっとするような恐ろしいお話で、キリスト教に挑戦するような小説でした。

だから当時は非常に悪く言われましたけれども、今では『ジェイン・エア』を凌ぐほどの名声を得て、世界の十大小説の一つとされています。性愛を超えて魂が惹かれ合う愛という形で書かれてはおりますけれども、これはもう明らかに、今で言えば不倫というようなものに隣接しております。ジョージ・エリオットには、代表作の『ミドルマーチ』という長い小説がありますが、彼女はその中で、男女の深刻な葛藤、姦通への潜在性ということを問題にしました。

やがて十九世紀の末から二十世紀の初めにかけて、トマス・ハーディによって、『テス』という小説が書かれます。こういう男性作家たちによって、性的存在としての女性、結婚生活の外の場で男性と関わっていく女たちが小説に登場してきます。

５　二十世紀英国女性文学の課題
――強いヒロインの創造、女性の生活体験を書く――

二十世紀の英国女性文学の課題は、強いヒロインを創造すること。それから、女性の生活体験を飾らずに書くということです。

ジェイン・オースティンは一生涯独身でした。もちろん、子供もいません。その代わりに彼女は自分の作品を「わが子」と呼んでいたのです。"children" と手紙に書いております。オースティンに続くヴィクトリア朝の女性小説家たちはどうかと言いますと、彼女たちのほとんどが独身でありました。例外はエリザベス・ギャスケルで、この人は牧師夫人で、四人の娘を持っていました。当時の女性作家の大部分は、結婚の経験を持たない独身女性として生涯を送りました。ブロンテ姉妹もそうです。シャーロットだけが晩年に結婚しましたが、これは作品を書き終えたあとであり、半年ぐらいで亡くなりましたから、家庭的な幸福とは無縁でした。彼女たちは、結婚生活や家庭生活に求めることのできない生き甲斐、それから心の満足というものを、文学に求めて女性作家になったのでした。

ここで二十世紀の女性作家に話を移しますと、『私だけの部屋』を書いたヴァージニア・ウルフは結婚はしていますが、子供はおらず、召使を使っていました。そして、夫は献身的に妻の文筆活動を支える人でした。彼女が育ったのは、インテリ階層の環境でした。彼女はロンドンのブルームズベリと言われる、一種特権的な文化人たちが集まるところに長らくいて、小説の取材範囲としては、そういうインテリの知的なサークルの生活を中心に書いたわけです。彼女の小説の中の女性像は、妻や母の理想像という、女性の伝統的なタイプを踏まえています。しかしその反面、彼女は新しい女性意識、それからラディカルなフェミニズム思想を評論で書きました。つまり、小説ではわりと保守的、しかし評論では進歩的でラディカル、そういうふうに使い分けたのですね。そうして『私だけの部屋』という評論の傑作が誕生したのです。

ところで、二十世紀中期以降の女性作家たちはどうであるかと言うと、十九世紀の作家やヴァージニア・ウルフとは根本的に違います。一九六〇年代、これはたいへん記念すべき年代でありまして、イギリス、それからほぼ同時にアメリカでも、女性小説に新しい動きが起こるのですが、特にアメリカでは、六〇年代後半のウーマン・リブ運動と深い関係があったのです。ベティ・フリーダンという人が先頭に立って、女性解放運動の先駆けになったのですが、それと密接に関係しながら、新しいタイプの女性の小説が生まれました。

二十世紀のイギリスの女性小説家たちは、ほとんどが妻であり、母でした。彼女たちは結婚生活の日常の中で、それを題材として小説を書いたのです。あるいは離婚しても、夫と死別しても、子供を抱え、家事を自分でこなしながら執筆をしたのでした。この点が十九世紀の独身女性作家とは根本的に違っていたのです。しかも、家事や育児、それから女性の日常の平凡な生活体験自体を小説の題材としたということが画期的でした。女性が家にいて、細々したあまりおもしろくもない家事を毎日繰り返している。それがそのまま小説になるというのは、びっくりするようなことでした。

こうして一九六〇年代に、続々と新しい傾向の女性小説がイギリスとアメリカに出現いたします。エドナ・オブライエンという人は、アイルランドの出身で、『カントリー・ガールズ』（一九六〇）で、アイルランドの貧しい少女の赤裸々な性体験を描きました。

また、ドリス・レッシングの『黄金のノート』（一九六二）は、「フェミニズムの聖書」と呼ばれる作品ですが、一人の女性作家が恋愛や結婚、離婚、それから仕事、思想運動などで傷つきながらも、自立して、自ら納得のいく作品を書こうとして苦闘する雄々しい姿を、社会との関わりの中で捉えたものです。

マーガレット・ドラブルは、日本で特に人気が高くて、多くの小説が翻訳されています。処女作は『夏の鳥籠』（一九六三）。これは結婚への憧れと不安、結婚への幻滅や疑問を二人の姉妹に託し、結婚を鳥籠にたとえて、さわやかに書いたもの。同じ一九六三年に、アメリカではメアリ・マッカーシーが、『グループ』という小説を書きました。これは複数のインテリ女性の大学卒業後のそれぞれの生き方に焦点を当てたものです。例えば自分の胸に抱いている赤ん坊が窒息するのではないかというノイローゼにつきまとわれる若い母の心理などがリアルに描かれ、多くの女性読者の共感を呼びました。

アメリカの天才的な女性詩人シルヴィア・プラスの自伝的な小説『ベル・ジャー』も、同じ一九六三年にイギリスで最初に出版されました。ベル・ジャーとは釣り鐘の形をしたガラスのビンのことですね。プラスは精神的な病気があって、発作を起こしたときの心の閉塞状態を、ガラスのビンの中に閉じ込められて窒息しそうになるという比喩を用いて、自分の半自叙伝を書いたのです。この小説は、女性としての自分の心と体の変化を赤裸々に書いたもので、かつてはこのようなものは小説の題材にするには恥ずかしい材料だとされていたものでした。

六〇年代の前半、ほぼ同時期に出たイギリスとアメリカのこれらの小説は、海を越えて連帯感で結ばれた作家たちが、期せずして女性の生活体験のリアリティを新しい視点から捉え直したものでした。男と女の関係とは何か。結婚生活の現実とは何か。そして出産、育児、家事という女性の経験への認識と見直し、それから女性の仕事と社会との関係。こういうことがテーマになったのでした。これらのテーマのうちのいくつかは、十九世紀の作品でも扱われましたけれども、二十世紀後半の小説では、題材への取り組み方がまったく違っているのです。それはどういうことかと言いますと、従来の文学における女性のステレオタイプに対する根本的な見直しということなのです。

一九六〇年には一つの事件がありました。D・H・ロレンスの『チャタレー夫人の恋人』（一九二八）が猥褻か否かを問う裁判で、イギリスでは無罪判決が下ったのです。その結果、文学作品で性をテーマとし、描くことの自由の範囲が大きく広まりました。こうした時代の流れを背景として、女性のセクシュアリティだけではなく、結婚の枠外で子供を生むことや中絶や出産体験まで含めて表現領域が広がり、いわゆる産婦人科文学、ガイニコロジカル・リテラチャーとして批判されることになる告白小説などが女性によって次々に書かれるようになりました。

また他方、もっと暗い深刻な主題も扱われました。つまり、結婚生活や出産、育児などに加えて、女性は外での仕事と家事と執筆という大きな重荷を背負わされ、社会の因習的な女性観と衝突し、疲労のあまり心身ともに衰弱し、ときには発狂するということさえあって、その経緯を小説に書きながら、書いている女性作家自身が狂って自殺するという悲惨な実例さえ見られました。シルヴィア・プラスも自殺しましたし、ケイト・ショパンというアメリカの優れた女性作家も、同じような悲惨な死に方をしました。

一九六〇年代から七〇年代にかけて、女性作家の課題は、このように複雑で人間疎外的な現代社会、根本的にはなかなか変わることのない男性優位の社会の中で、強くたくましく生きていくポジティヴなヒロインをいかにして創り出すかということでした。

そこでさっき言いましたドリス・レッシングの『黄金のノート』ですが、この小説のヒロインはアンナ・ウルフという名前の作家で、男性との愛を求めつつも、心情的にはそれから独立しており、母親であり共産党員でもあるという非常に多面的な現代女性です。

それから、マーガレット・ドラブルの『黄金の王国』（一九七五）のヒロインは、フランシス・ウィンゲイトという学者です。妻であり母であり、またしあわせな恋人でもある考古学者の彼女は、砂漠でトラックを運転し、発掘作業に従事するという、知的で行動的なたくましい女性です。フランシスという名は、綴りは違っても発音上は男性にも通じる名前ですし、ウィンゲイトという姓は、「勝利の門」を表わす非常に力強い名前です。小説の題名を考えても、『黄金のノート』と『黄金の王国』というのは、新しい強いヒロインの生き方に託された作家の希望が、黄金のイメージに結晶しているということが言えると思います。

6　十九世紀からの展開

次に、女性文学に特徴的ないくつかのテーマを選びまして、十九世紀作家の代表であるシャーロット・ブロンテやギャスケル夫人と、二十世紀の何人かの女性作家が、同じ主題にいかに違ったアプローチをしているかということを、具体的に考えてみましょう。

まず第一のトピックとしては、十八世紀以来の女性小説にとって、常に最大の課題であった「愛と結婚」との関係について考えたいと思います。シャーロット・ブロンテの『ジェイン・エア』と、その一二〇年後に書かれたマーガレット・ドラブルの『滝』（一九六九）という、この二つの小説を比べてみたいと思います。

『ジェイン・エア』のヒロインにとっては、情熱と結婚とは一致しなければならない。さらにそれは、性道徳や倫理とも一致しなければならない。これがシャーロット・ブロンテが『ジェイン・エア』で追求したものでした。したがって、雇い主のロチェスターが、狂った妻バーサの存在を隠してジェインに求婚をし、二重結婚の罪をおかそうとしたとき、ジェインとロチェスターがどんなに熱烈に愛し合っていようとも、二人は結ばれてはならないということになります。逆に言いますと、愛し合う二人が正しい形で結婚するためには、邪魔者になるバーサも、それからジェイン・エアへのもう一人の求婚者であるセント・ジョン牧師も、作品から消されなければならないことになります。

それだけではなく、ブロンテは、女性の社会的・経済的自立、男女の平等な結びつきという彼女の理想までも、この二人の結婚に盛り込もうとしました。そこでさっき申し上げたように、結末では、かつては社会的な強者の立場にあったロチェスターが、火事のために家も妻も失い、視力と片手も失った弱者になり、他方、貧しい雇われ家庭教師であったジェインが、叔父から莫大な遺産を相続して、いわば二人の力関係が対等になったときに、ようやく結婚することになるのです。

『ジェイン・エア』という作品のプロットには、不自然なまでに紆余曲折があって、なんだかおかしいんじゃないかなと思うくらい。ロチェスターに惹かれると思うと逃げ出したり、また戻ってくるというふうに、ジェインは次から次へと場所を移動します。そうした紆余曲折のはてに、三階の部屋に閉じこめられていたロチェスターの妻が都合よく死ぬわけですが、なぜそういうことになるのかというと、おそらくそれは作者の欲の深い理想を全部満足させるという形の結婚を作り出すための、驚くべき力わざであったということが言えるかと思います。

一方、マーガレット・ドラブルの『滝』ですが、ドラブルは明らかに、『ジェイン・エア』の伝統を意識してこの小説を書きました。ヒロインの名前がジェインというんですね。そのほかにも、この小説は、ジョージ・エリオットなど、作者の先輩に当たるイギリスの十九世紀の女性作家の代表作を踏まえて、それをひっくり返していくといいますか、それを変えていくという、そういう見直しの文学、見直しの作品であるということが言えるかと思います。

まず、ヒロインのジェインは詩人です。この二十世紀のジェインの夫は離婚を承諾しないままで別の女のところへ行ってしまっている。夫の不在中、ジェインは冷えきった心を抱いて二人目の子供を、たった一人の心細い状態で出産します。そこへ従妹ルーシーの夫のジェイムズが見舞いに来て、ジェインの冷えた心と体を温かくいたわります。いわゆる不倫の愛がここに生まれるわけですね。二人の関係は、交通事故がきっかけになって、ジェイムズの妻ルーシーに知られてしまいます。しかし作者は、ブロンテとは違って、ジェイムズを事故で死なせることもしないし、彼をロチェスターのように身体障害者にすることもしません。また、二人の愛にとっての邪魔者であるルーシーも、ジェインの夫も、死なせたりはしません。ジェイムズもジェインの夫も、それぞれの配偶者と離婚もしないまま、二人の関係はそのまま続いていくのです。

ジェインは避妊薬を服用することさえやめて、もし妊娠すればその現実をそのまま受け入れるという覚悟を決めるのです。そのあと、今まで創作に行き詰まっていたジェインは流れるように豊かな詩を生み出して、詩人としての道が開かれるというところで、この小説は終わっています。結婚という形に縛られたジェインと夫との冷えきった関係。またもう一組の夫婦、ルーシーとジェイムズとの関係の空虚さに比べて、この結婚外の男女のいたわり合いのほうが、いかに真実で実り豊かなものであるかということを、作者は問いかけているように思われます。

現代の作家の多くは、自分の作品に対して、『ジェイン・エア』の結末のような整合性、あるいは完結性を与えることはできません。なぜなら、現実の人生や男女関係はそんなに都合のいいものではないからです。

小説というものは、人生や人間の真実に虚構を通して迫るものであると定義するならば、愛と結婚の強引な一致という結末には問題がつきまとうでしょう。また、女性が自我意識に目覚めれば目覚めるほど、家父長制的な結婚というものへの疑問が湧くのは当然であると思われます。ブロンテが直面した、情熱的な性愛と結婚とのジレンマを、二十世紀のドラブルは、現実に腰を据え、結婚の形にとらわれないということで乗り越えたのでした。また、十九世紀のブロンテは、作者自身のペルソナとしての女性作家とか女性詩人という人物を、自分の作品のヒロインとして生み出すことはできなかったのです。

『ジェイン・エア』よりも少し後に、ロバート・ブラウニングという有名な詩人の奥さんで、エリザベス・ブラウニングという女性が書いた、『オーロラ・リー』という半自叙伝的な長い詩があります。『ジェイン・エア』より九年後に出たのですが、この中で、エリザベス・ブラウニングは詩人のヒロインを作り出したのです。ブロンテのような人でさえ詩人あるいは小説家のヒロインを作り出すことができなかった時代に、これは大変画期的なことでありました。

作家や詩人をヒロインにすることは非常に難しい、とヴァージニア・ウルフが言っております。なぜかといえば、学者もそうですが、詩人とか作家というのはただ黙って机の前に座って、朝から晩まで書いているだけで、そういう人をヒロインにして小説を書くということは、あまりおもしろいことではない。人間の内面を描く二十世紀にならないとなかなかそれはできないのです。二十世紀もようやく一九六〇年代になって、ドラブルのヒロインである詩人ジエイン、それからドリス・レッシングの『黄金のノート』のヒロインである小説家のアンナ・ウルフが誕生するわけです。

今は、「恋愛と結婚」のことを申し上げましたが、第二のトピックとしては、「女性の狂気」、それから「監禁と脱出」というテーマのことを考えます。

ヴィクトリア朝の家父長制的な家庭や社会において、中産階級以上の女性は、一人で外出することさえままなりませんでした。仕事や生き甲斐を欲しても、さっき言いましたように、ガヴァネス、つまり家庭教師ぐらいしか仕事がありませんでした。何よりも大きな障害は、女らしくしなければならないという観念に、自分自身で縛られて身動きが取れないということでした。つまり、比喩的に言えば、女性が監禁されていた時代でありました。

このような社会的状況の中で、十九世紀の女性作家の多くの作品に、監禁と発狂、解放と脱出というイメージが繰り返し現われることは当然と言えると思います。シャーロット・ブロンテが、ロチェスターの狂った妻バーサを三階の一室に閉じ込め、彼女が自ら放った火で焼け死にさせるように設定したのは、ヒロインのジェインをあくまでも正気に、そして強く正しいヒロインにとどめておくための苦肉の策であったと思われます。つまり、狂女バーサは、ヒロイン・ジェインの切り捨てねばならない分身であったと言えます。

これに対して、ジーン・リースという二十世紀の作家がいます。この人の『広い藻の海』(一九六六)は西インド諸島を舞台にした小説ですが、これはブロンテが『ジェイン・エア』で書ききれなかったこと、書けなかったものを、二十世紀の作家の目で見直して、『ジェイン・エア』を書き直したものなんですね。『広い藻の海』は、狂女バーサをヒロインにした作品なのです。作者は西インド諸島出身なのですが、バーサも西インド諸島出身です。バーサという混血女性が、愛のない政略結婚の犠牲者として、ロチェスターによって監禁され、次第に狂っていく経緯が浮き彫りにされます。ブロンテはいかに分身とはいえ、バーサをやっぱり敵役として書いていたのですが、リースはその敵役を主人公に据えて、狂女の苦悩や犠牲者的な不運、そういうものを拡大して見せたのです。

『ジェイン・エア』から四十五年後、アメリカのフェミニストのシャーロット・パーキンズ・ギルマンという人が、『黄色い壁紙』(一八九二)という作品を書いています。このすさまじい作品では、狂気は脇役人物のものではなく、ヒロイン自身の狂気として書かれています。病弱なヒロインの夫は医者です。彼は善意からなのですが、窓格子のついた病室に病弱な奥さんを監禁同様に保護しています。そしてストレスがあるといけないというので、本を読んでもいけないし、手紙を書いてもいけないと、自由を束縛して、そこでこの奥さんは少しずつ狂っていくのです。月光に照らされた部屋でカビだらけの黄色い壁紙を毎夜見つめている間に、その模様の中に、自分と同じように閉じ込められた女の姿が見えてくる。そこで彼女は、その壁紙の女を自由にしてやろうと、毎日少しずつ、見つからないように壁紙を破っていくんですね。その壁紙を破り続けているうちに、壁紙の女と自分との区別がつかなくなって、とうとう発狂してしまう、こういう作品です。そこには、家父長制的な家庭の中で、保護という名前の下に破滅していく女性の姿がえぐり出されております。

第三のトピックとして、「圧制的な男性への怒り」というものを挙げたいと思います。『ジェイン・エア』は、ジェインが成長過程において、何人もの圧制的な男性と出会って、彼らと戦って成長をしていく姿を描いています。子供のころ、リード伯母さんの家で居候していたときに、従兄のジョンという暴力的な少年がジェインを叩きのめします。ジェインは、あなたは奴隷使いみたいだ、と批判します。次に、ローウッド・スクールへ行きますと、そこには、ジェインを嘘つきと決めつける、ブロックルハーストという恐ろしい牧師がいます。彼女が大人になってからはどうかというと、ジェインを欺いて誘惑しようというロチェスターという人物がいます。それから次には神の名を借りて身勝手な求婚をするセント・ジョン牧師がいます。

しかし、ブロンテの場合は、彼らへの激しい怒りや正義感の裏に、男性に対する英雄崇拝的な傾向がまだ残っているんですね。それから、異性愛というものへのロマンティックな憧れ。ブロンテが少女時代に書いたいろんな物語が残っていますが、そこには明らかに強いたくましい男性に対する憧れが非常にはっきりと出ています。

それをさっきの『黄金のノート』のドリス・レッシングと比べますと、こちらは二十世紀の激しい女性の怒りを新しい形で作品化しているのです。ヒロインのアンナ・ウルフは、愛する男に心情的に従属することを拒んで、まったく自由な女でありたいという願望のために、同時に二人の男と性関係を持つという女性です。早朝、隣の寝室で娘が目覚めた気配がするときに、セックスを迫ってくる男の身勝手さに対する怒り。またその直後に、娘のため、男のために、しなければならない朝食の準備。それから細々した家事を処理しなければならないことへの怒り。そういうストレスが引き金になって、彼女は朝になると主婦病という病気が起きてくるのですが、これは女性なら誰もが持っている心理ですね。また男が、彼女のセックスを別の女と比べて話題にしたとき、そこで彼女が見せたすさまじい怒りの爆発など、十九世紀の作家にはとうてい書くことのできなかったものでしょう。

四番目のトピックは、「女性の肉体や官能」、「女性のセクシュアリティ」の描写という問題です。こうしたものをあからさまに書くことは、十九世紀にはもちろん不可能でした。例えば、ロチェスターに対するジェイン・エアの官能的な性愛はどのように書かれたのでしょう。ジェインはある夕方、ソーンフィールドの屋敷の大きな果樹園にいて、そこには、ハマナスとかセキチクとかバラとかいろんな花が咲いていて、果樹には甘い匂いの果物がたわわに実り、夕方の露が下りている。大変美しいロマンティックな描写ですが、そこにロチェスター氏の葉巻の匂いがただよってきて、ジェインは逃げ出そうとするのですね。さまざまの花、熟れた果物の匂い、それから夜露、南国の色鮮やかな蛾、そして、葉巻の匂いなど、視覚や嗅覚や触覚の描写を通して、大変素晴らしいリズミカルな散文です。この場面は間接的、暗示的に書かれたのですが、ヴィクトリア朝の保守的な読者はあまりにも官能的すぎるのにびっくりしてしまったんです。

これに対して二十世紀の小説には、セクシュアリティの直接的で赤裸々な描写の例は枚挙にいとまがありません。アメリカの詩人シルヴィア・プラスが、『ベル・ジャー』（一九六三）という自伝小説の中で描いた、ヒロインが処女を失ったあとの夥しい出血が、実に生々しく、また長く描写されていて、私も読んだときびっくりしてしまったのですが、その直接性には驚くべきものがあるわけです。

次に五番目の問題点として、「結婚外の性関係」の扱い方を考えたいと思います。『ジェイン・エア』では、結婚式が中断されたあとも、ジェインはロチェスターから激しく求愛されます。しかし彼女は、結婚外の性関係を持つことをあくまで拒んで、あれほど強く愛している彼のもとから、血を流すような思いで出ていくのです。そして私生児を生む女という問題は、ロチェスターのかつての愛人たちに移されてしまって、そういう女たちは男を誘惑する娼婦のようなイメージで片付けられてしまいます。

ブロンテと同時代のギャスケル夫人は、牧師の妻として、貧しく不幸な女たちに同情を寄せておりました。彼女は未婚の母の問題を『ルース』（一八五三）という小説に書きました。まだ十六歳にもならない農夫の娘ルースが孤児になって、洋裁店で働いている間に、金持ちの不良青年に誘惑され、妊娠してしまいます。男は彼女を捨てて逃げてしまう。彼女は出産後、私生児を生んだというので村八分みたいになるのですが、その罪を償うために、病人たちの看護に献身的に打ち込んで、人々にやがて聖母マリアのように崇められるようになります。しかし自分もまた伝染病にうつって死んでしまいます。ギャスケルはこの小説で、ルースが私生児を生み授乳する場面を、崇高な母性愛を謳い上げるという態度で書いております。また、病人を看護するルースの神々しいまでの愛と献身を、聖母マリアを思わせるイメージで描写しています。しかし、それにもかかわらず、彼女は、私生児を生んだという罪への罰として、ルースを死なせずにはいられなかったのです。

やはりブロンテと同時代の女性詩人で、さっき申し上げたエリザベス・ブラウニングは、『オーロラ・リー』の中で、メアリアン・アールという貧しい女が未婚の母として子を生み、育てることに誇りを持っているという様子を書きました。しかし、彼女の独立心に富む挑戦的な生き方は、あくまで脇役のものでしかありませんでした。

ところがこれらに比べて、二十世紀の女性作家で未婚の母の問題を中心的に取り上げた作品に、リン・リード・バンクスの『L字型の部屋』(一九六〇)やドラブルの『ひき臼』があります。

『ひき臼』は一九六五年出版の作品ですが、ロザモンドというヒロインは将来大学の講師の職を約束されているインテリ女性。彼女は、たった一度の性体験で身ごもってしまいます。その彼女の出産場面は何の悲壮感も感傷もなく、また理想化もされず、リアルで淡々としていて、喜劇的でさえある軽やかな描写は、女性文学に新しい風が吹き込んでいることを感じさせるものでした。「ひき臼」という題そのものは、そのような子の母となった重荷ということですね。聖書に出てくる言葉です。しかしその重荷を大事にしなければならないということが書かれております。ロザモンドは、事実を男に告げて援助を求めようともせず、子供と二人で雄々しく生きていきます。彼女は、病院通いの中で周囲の貧しい母たちとの連帯感に目覚め、出産と育児を契機として、専門の学問にも着々と業績を上げて生きていくという、実にカッコいいヒロインです。

最後のトピックですが、「女性同士の絆」という問題を考えたいと思います。『ジェイン・エア』には、ローウッド学園での親友で、ヘレンというキリスト教的な少女がいます。また、ミス・テンプルという優れた先生がいます。ジェインはこの二人を心の友として、自分には欠けている寛容、冷静、忍耐という女性の美徳を彼女たちから学ぶのです。しかし、ジェインがそれを学び終えると、ヘレンは死にますし、テンプル先生は去っていってしまうわけですね。そのあと、ジェインはセント・ジョン牧師の妹たち、彼女にとっては従姉妹に当たるダイアナやメアリと親しくなりますけれども、ジェインにとっては、彼女たちよりもロチェスターとの結婚のほうがはるかに重要であり、ダイアナもメアリも、それぞれに結婚していきます。これらのことから、ブロンテが女性同士の絆に心を惹かれながらも、あくまで異性愛中心の作家であったことがわかります。

これに対してギャスケル夫人は『クランフォード』で未婚女性の自足的なコミュニティを書きました。男なしの女の生き方の可能性を探って、大変興味深い小説です。しかしギャスケルには、根本的に性的犠牲者としての女という感覚が強いように思われます。ギャスケルの『メアリ・バートン』という作品は、非常に強いヒロインを描いていますが、それはその人だけの特殊な個性であって、女性全体の力の主張にまではつながっていかないのです。女性の自己犠牲を高く評価するギャスケルの態度から、母性への讃美が生まれ出ることになります。

十九世紀の女性作家たちがいかに男性中心の社会の中で苦闘し、自分の才能や信念を発揮しようとしても、そこには越えがたい厚い壁が立ちはだかっていました。ここで二十世紀のアメリカの、先ほども述べました『黄色い壁紙』の作者シャーロット・パーキンズ・ギルマンのもう一つの小説『ハーランド』（一九一五）を見ましょう。これは「フェミニジア」という題で邦訳も出ています。ジャングルの奥地に女だけがつくるユートピアを想定したものです。二千年以上も続いたこの理想郷では、女が処女懐胎によって出産し、社会はすべて女の力で動いていくのです。

作者ギルマンは、女が家庭の中で妻として母として孤立している限り女性は解放されないと考え、それに代わるものとして、母親が社会のすべての子供たちを愛し、養育するという女たちの共同体を夢見たと思われます。ただ、このように大胆な発想でも、その理想の展開する場所は、人里離れたジャングルの奥でなければなりませんでした。

しかし私たちは、現実の混沌としたこの社会で、女も男も一緒に生活をしていかなければなりません。その困難な現実の中で、女性として充実した人生を送るために、きょうは英米の女性作家の作品から何を学ぶことができるかについて、しばらくお話をさせていただきました。特にブロンテに焦点を当てまして、イギリスの女性小説がどのように展開してきたかということをお話いたしました。ブロンテをはじめとする多くの女性作家が、それぞれに自分の時代、自分の社会の制約の下で、精いっぱい女として生き、女として書いてきました。今、私たちは、二十一世紀という新しい世紀をもうすぐ迎えようとしているわけですが、二十一世紀にはまた再び、新しい女性の文学が始まり、成長していくのではないかと思います。

最後に、アドリエンヌ・リッチという現代アメリカのフェミニズム作家の、「フェミニズムは個人個人による女としての自己意識の発見をもって始まるのである。そこで終わるわけではない」という言葉、そして、「フェミニズムとは、男の作ったイデオロギーの、私たちにとっての不適切さを、その歪みを、十分に認識し、その認識から出発して、さらに考え、行動することである」という言葉を引用して、きょうのお話の終わりとしたいと思います。これは彼女の『嘘・秘密・沈黙』という作品に出てくる言葉です。

どうも、ご静聴ありがとうございました。

【司会】質問がたくさん寄せられていますが、時間の都合で四つだけ選ばせてもらいました。最初が『ジェイン・エア』はそもそも当時の社会において、女性の立場を描いたものだと思いますが、作者はなぜそのような作品を書こうと思ったのでしょうか。自分たち女性が苦しいということを社会に知ってもらうためでしょうか、という質問です。

【青山】ブロンテがなぜこの作品を書こうと思ったのかというのは、やっぱり自分がガヴァネスとして非常に苦労したということがあると思います。お母さんが早くに亡くなって、たいへん孤独でした。父親は立派な牧師でしたし、弟妹とは仲良くしていましたけれども、母の愛に恵まれなかった。それから若いときからたくさんの本を読んで、とても想像力に富んでいて、空想のお話をずっと十数年書き続けていたわけですね。それから学校の教師をしたり、ガヴァネスをしたりするのですが、生計を立てようにも、あまりにもガヴァネスの条件が悪くてつらいものですから、もう少し多くの収入を得るために文筆の道に進もうとしたのです。しかし、初めに詩集を自費出版したのですけれど、二冊しか売れなかったという惨憺たる失敗でした。でも、詩集が失敗したおかげで、彼女は小説を書こうと思い立ったわけです。

そしてその中で生まれた『ジェイン・エア』という作品は、ヒロイン自身がやっぱりガヴァネスとして苦闘しています。幼いころから幻想の物語の中で育んできた、男性に対する一種の英雄崇拝的な憧れ、そういう中で愛に恵まれたいという彼女の渇望と、それから作者のガヴァネス体験からくる女性の苦難という現実への意識。それから、女性であるが故に文学作品を書いても発表が難しいという、ヴィクトリア朝の抑圧的な雰囲気、そういうものに対する挑戦的な気持ち。こういういろいろなものが全部合わさって、『ジェイン・エア』という作品は書かれたわけですから、ジェインはやはり、シャーロット・ブロンテの分身ですね。

しかし、ジェインというのは非常に元気のいい、挑戦的な、積極的な、前向きなヒロインですから、ブロンテの分身と言っても、理想的なほうの分身ですね。自分の力で苦難を切り開いていって、最後に幸せな結婚に到達するということは、彼女の理想であったと思われます。だから、そういう意味で、ブロンテはあの作品を書くことによって、一つの壁を乗り越えたと言いますか、解放があったにちがいない。そういうことが言えると思います。

【司会】次の質問は、女性が作家となり、作品を出すのは世間から批判を受けるということでしたが、それではなぜ、オースティンの父と兄は彼女の作品に協力したのでしょうか。

【青山】これは、ジェイン・オースティンの家庭とか、それからブロンテの家庭というのは、文学というものに対する理解があったのですね。ジェイン・オースティンのお父さんも、ブロンテのお父さんもイギリス国教会の牧師でした。さっきも申し上げましたように、十九世紀のイギリスの女性作家に牧師の妻や娘が多かったということは、彼らが文学というものに理解があって、キリスト教的な教養だけではなくて、さまざまな物語だとか、詩だとか、そういう本を子どもたちが読むことができたのです。父親が娘たちの読書を制限しなかったということがあげられます。

それから、ジェイン・オースティンの父や兄は、非常に協力的で、出版社を見つけるとか、そういうことに力を貸してくれたというのは、やはり家庭の雰囲気そのものが芸術や文学が好きで、演劇好きで、家庭の中でみんなで劇を演じて、お互い批評をし合うとか、そういう教養豊かな家庭であったということが、ジェイン・オースティンの人格と、文学趣味を養ったということが言えます。

ブロンテのお父さんも協力的ではありましたが、オースティンと比べれば、それほどではなかったようです。娘たちが小さいときから幻想物語を書いていることは知っていましたが、『ジェイン・エア』が大ヒットしたときは、本名でなかったこともあって、知らなかったんですね。

【司会】次の質問は、先生が英文学で、初めて読まれた作品はどんな作品ですか。また先生がお勧めの本などありましたら、教えてください、と。

【青山】これはもう、だいぶ遠い昔になります。名古屋大学の英文科にたまたま入ったわけですね。英文学はまったく知りませんでした。私はどうも詩はあまり好きになれなかったんですね。ワーズワースとコールリッジのロマン派の共同詩集は素晴らしいものですが、私はどういうわけだか近づきにくくて、やっぱり小説から入っていったんです。初めは翻訳を読んだりしていましたが、当時はまだ女子学生が少ないわけですね。まわりは男の子ばっかりで、その中にいろいろ厳しく私を鍛えてくれる学生がいまして、何日までに必ずこの本を読んでくるようにとか、今から考えるとたいへんいい友だちを持って私は幸せでした。

そういう訳で、英文学の古典と言われる作品はほとんど網羅されているエブリマンズ・ライブラリでいろんなものを読みました。全部覚えておりませんが、その中にジェイン・オースティンの『高慢と偏見』やディケンズの『オリヴァー・トウィスト』がありました。それを夏休みに一生懸命読みました。

そのうちに卒業論文を書かなきゃいけなくなって、なぜブロンテを選んだかと言いますと、はじめは、あまりたくさん勉強しないでも書けるものをと思ったんです。まず作品が少ないもの。それからあんまりよそから影響を受けていないもの、よそにもあまり影響を与えていないもの、そういうものはないかなと思ったんです。初め私はジョージ・ギッシングという作家が好きで、あまり知られていない地味な作家ですが、しかし先生が「あなたは女性だから、女性の作品がいいんじゃないんですか」とおっしゃったんです。それでシャーロット・ブロンテにしたのです。ところが実際に勉強してみると、影響を受けていないなんてとんでもない、さまざまな形でロマン主義の影響を受けているし、後世に影響を与えていないどころではありません。そういうことが後からわかったのですけれども、そこから女性作家への興味が湧いてきた、そういうことなんですね。

お勧めの本ということですが、これはもうきりがなくあります。女性文学について、もしみなさんが勉強なさりたければ、これはちょっと自分の本をお勧めするのはおこがましいんですけれども、『ブロンテ姉妹――女性作家たちの十九世紀』を読んでいただくと、ブロンテだけではなくて、イギリスの十九世紀の女性作家がどんな苦難に直面していたか、あるいはガヴァネスのこともよくおわかりになると思います。それから、エレン・モアズという人の『女性と文学』という、これは私がずいぶん前に翻訳をした本ですが、実は、私の女性文学に対する目というのは、この本を翻訳したことによって開かれてきたわけですね。

ついでに言いますと、大学院では私はシェイクスピアをやったものですから、その後も勉強を続けているのですが、ブロンテとシェイクスピアがなかなかつながらないんですね。どうしてこんなに違うものばっかり二つをやっているのかなと我ながら思います。シェイクスピアは作品も多いし、参考書も多いし、大変な作家ですから、いくら勉強してもきりがない。やっているうちにくたびれると、ブロンテを読む。そうするとちょっと心がやすらぐ。そんなふうにやってきたのですが、なんとかしてこの二つをくっつけることはできないかと思ったあげく、さっき、マーガレット・キャヴェンディッシュという貴族の夫人が、夫の伝記を書いたりしたことを言いましたが、彼女は私が今研究しているルネサンス期の女性の文筆というテーマの最後のほうに位置する人なんです。多くの女性が字も読めなかった時代に、女性が筆を執ることがどんなに大変なことであり、どういう人たちが、どんなふうに勉強して、何を書き残したかというのを、今、勉強しております。そういう形で、これからもシェイクスピアとブロンテ、それから女性の文筆というテーマを関連づけて勉強していきたいと思っています。

【司会】十九世紀までの女性文学から二十世紀の今に至るまで女性作家の作品は大きく変わってきて、これから二十一世紀もまた新しい時代が始まろうとしているということですが、先生はこれからどんな女性作家、女性文学が生まれてくると思われますか。また、同じ女性として、私たちがこれから必要なことは何だと思われますか。

【青山】これからどんな女性作家、女性文学が生まれてくるかというと、これはちょっと私もよくわかりませんけれども、きょうもお話したマーガレット・ドラブルは、これまで日本に二度来ています。最初の来日の講演では、彼女の初期の作品のテーマ、つまり、経済的自立、精神的自立、それから愛の成就というようなインテリ女性の自立の問題、それから、『ひき臼』に書かれているような、未婚の母という女性の生き方ですね。そういうテーマでお話になっていた。約十年たって、二度目の来日のときには、彼女は今までとは別種の小説をこれから書いていきたいということでした。ある程度性別を超えた一種の社会小説、女性のことを書くのならば、一人のヒロインの生き方をたどっていくのではなくて、大勢の女性の並列的な人生というようなものを広く書いていきたい、と話されました。

私も、やっぱりそういう傾向が、これからますます進んでいくのではないかと思います。その二度目の来日のときの講演でお話になったことで印象に残ったのは、これからはもうイギリス中心主義というようなものがだんだんになくなっていくだろう。今、イギリスで本当に活躍をし始めている作家たちは、血統的にはイギリス人じゃないのだというお話でした。皆さん、カズオ・イシグロという作家の名前を聞いたことはないでしょうか。日系の方なんですね。お父さんのお仕事の関係で、五歳ぐらいのときにイギリスへ行って、非常に文学的才能豊かに、日本人の感性で英語の作品を書いています。『日の名残り』という作品は映画にもなったので、ごらんになった方もあると思います。それから、インド生まれの作家でサルマン・ラシュディという人がいるでしょう。そのラシュディさんのような、イギリスに帰化した外国系の人たちが今や英文学の代表になってきている。そういう人たちがイギリスを根城に活躍をしている。こういう世の中に今なってきているのだと思いますね。

だから、例えばシェイクスピアなんかの劇も、演出の仕方がすっかり昔と変わってきているわけです。今東京グローブ座でやっております『ロミオとジュリエット』、黒人がロミオをやっております。それからジュリエットは名門の娘ではなくて、ごく庶民の娘になっていて、舞台で洗濯なんかしているわけですよ。これまで私たちが見てきたロミオとジュリエットとはぜんぜん違うのです。そういうふうに、ものごとの価値観が変わってきたわけです。かつてイギリスの植民地であった国々がみんな独立して、それぞれの文化を持っている。それぞれの文化がそれぞれ価値があるということを認めなければならない時代になってきたわけです。そういう視点が広がっていく文化の勉強を、これからしなければならない時代です。イギリス文学にもそういう人々が出てきて、従来のイギリス文学史に残っている作家とは違う種類の文学が開拓されていくのではないかと思います。

そして女性の地位がどのように変わっていくかはわかりませんが、このまま進んでいくのか、あるいはむしろまた保守化の道をたどるかもしれないですね。女性の状況というのは周期があって、フェミニズムが活発で、女性の意識が高まっていくときがあるかと思うと、また後戻りするんですね。今はどうかわかりませんが、一時期、女子学生の意識が非常に後退して、二十二歳までに結婚したいわとか、そういうことを言う人が多くなってきた時代が比較的最近にありました。皆さんはどうかわかりませんが、そういうわけでフェミニズムというのはなかなか進んでいかないんですよ。この社会の成り立ちそのものが、どうしても男性中心的なものから脱却することが難しいのです。しかし、女性の不利な状況というものができるだけ克服され、あまり女性の問題だけにこだわらない文学がやがて生まれるということを、理想としたいと思いますね。それがなかなか実現しない限りは、やっぱり女性が発言をし続けていかなければならない。いくら声高にしゃべってもすぐ消えますから、やはり文学で、文筆で残していくということが大切なことではないかと、私は思っております。

同じ女性としてこれから必要なことは何だと思いますかというご質問に対しては、今のようなお答えでよろしいんじゃないでしょうか。そういうことを考えていただいて、皆さんが今までの狭い女らしさの観念にとらわれないで、多面的に前向きに豊かな人生を歩んでいっていただくということが、一番大事だと思います。

第六章　シェイクスピアの女性像と愛
――『ロミオとジュリエット』を中心に――

1　はじめに

『ロミオとジュリエット』を中心にしまして、その他の劇もとりあげながら「シェイクスピアの女性像と愛」というテーマでお話したいと思います。

『ロミオとジュリエット』は一五九五年、シェイクスピアが三十一歳の頃に書かれたと推定され、初期悲劇の傑作であると評価されています。シェイクスピア劇のヒロインは大きく分けて、

『ヴェニスの商人』のポーシャに代表される明朗快活、よい意味で口八丁手八丁の女性と、『リア王』のコーディリアに代表される生一本で融通がきかず無口な女性との二つのタイプがありますが、ジュリエットは両方を兼ね備えたヒロインです。数あるシェイクスピア劇のヒロインの中で日本では一番親しまれている女性像だろうと思いますが、それは劇がロマンティックであり悲しい結末に終わるということもありますが、何よりもジュリエット自身の魅力が大きいからだと思います。

そのジュリエット像が生まれてきた背景をちょっとお話しましょう。

中世の女性観は、聖母マリア信仰から女性を女神のようにみる見方がある一方、アダムを誘惑したイヴの子孫として女性を悪魔のようにみる見方があり、現実の女性の姿をとらえていない両極端な女性観でした。近代に入ってこれに対する反省がおこり、人文主義者が「男女は人間として平等である」との考えに立って女性教育の推進に努力しました。また人文主義者のみでなく、もう一つ時代の風潮に大きな影響を与えたのはピューリタンで、なかでも尖鋭なピューリタンはカトリック教会の独身主義を排斥し、「人間生活の根本は結婚生活で、男女が共に暮らすのが人間の自然の姿である」と結婚と家庭の意義をとなえたので、女性の役割がクローズアップされてきました。

こうして高い教育を受けた人々は中世と違った考え方をもつようになったとしても、大衆の意識は簡単には変わらないのですね。一般には中世の家父長権が依然として残り、女性は財産相続面でも不利であり、結婚相手も自分で選べず親や後見人に強制されるという状態でした。さらに、男が妻を選ぶ基準、母が娘を教育する方針は中世以来の伝統的な女性観を踏襲し、(1)女性は無口であれ、(2)親や夫に服従せよ、(3)貞潔であれ（男性はそうでなくてもかまわない）、というものでした。

このように一方には新しい女性観が芽生えてきたにもかかわらず、実際には旧態依然たるものを多く残していた近代初期、こういう時代にシェイクスピアは劇を書きました。彼の描いた女性像はほとんどすべて伝統に基づいてはいますが、何らかの意味で伝統をやぶる兆しをみせています。その代表がジュリエットで最初の新しいヒロインといってもよいでしょう。前述の三つの伝統的女性観の中の「無口」と「服従」という条件を破り、「貞潔」はあくまで守りとおした女性像ですね。

前置きが長くなりましたが、いよいよ『ロミオとジュリエット』に入りましょう。

2　『ロミオとジュリエット』

まず、簡単にあらすじをお話しします。

イタリアのヴェローナにある名門両家はもともと犬猿の仲。一方のモンタギュー家の一人息子はロミオ、他方のキャピュレット家の一人娘はジュリエットです。

はじめロミオはロザラインという娘を恋していましたが、これは、男が一方的に女を崇め、女はつれなくするという中世文学の――マリア崇拝から影響を受けたとされる――〝宮廷風恋愛〟の伝統に則って書かれているのです。それは相思相愛のほんとうの愛ではなかったので、たまたまキャピュレット家の仮装舞踏会でジュリエットを見たロミオは、ロザラインのことはたちまち忘れてジュリエットに心を捉えられてしまいます。ジュリエットも一目でロミオを恋し、後で互いに敵の家の人と知って驚きますが、もう恋してしまった心は止めようはないのです。

ジュリエットは今宵舞踏会で会ったロミオの面影が忘れられず、バルコニーに出て夜空を仰ぎながら「ロミオ、ロミオ……」と愛の思いを一人つぶやくのですが、ジュリエット恋しさに帰る気になれず庭園にしのびこんでいたロミオは、それを耳にして跳びだしていき、二人は愛を誓い合います。この場面は二階舞台のバルコニーにジュリエットが立ち、ロミオが下の舞台から彼女を見上げて胸の思いを語るという形で、男性が下から女性を崇め、たたえるという〝宮廷風恋愛〟のパターンに則ってつくられています。しかし、それに対し、シェイクスピアはジュリエットの態度に新しいものを盛りこんでいます。すなわち、上のほうでつれなく男の愛のくどきを聞くのでなく、上から下へではあってもジュリエットの方が先に愛を告白する、という新しいパターンを作り出したのです。

翌日、ロレンス神父を訪ねた二人を迎え、神父は、二人を結婚させれば両家が和解するであろうという希望を抱き、仲をとりもつこととし、二人は神父のもとでひそかに結婚式を挙げます。ところが運悪く、その後ロミオは喧嘩に巻きこまれ、ジュリエットの従兄のティボルトを殺して追放処分の身となってしまいます。夜を待ち焦がれていたジュリエットは、その事件を知り嘆き悲しみますが、神父の助けをかりて二人はひそかに結婚初夜を過ごすことになります――初めてで最後という一夜を。

翌朝、ロミオは追われるようにして一人マンチュアに脱出します。ジュリエットの悲しむ姿を見た両親は、従兄を殺されて沈んでいるのだろうと思い、元気をとり戻させるようにとパリス伯爵との縁談を進めます。進退きわまったジュリエットは、父の言うことを聞くふりをしてロレンス神父に相談にいきます。神父は策を案じ、「結婚を承諾しておいて、前の晩にこの薬をのみなさい。四十二時間仮死状態になるので、婚礼の朝、死んだものと思われて墓所に運ばれるであろう。ロミオに手紙でこの計画を知らせて迎えに来て貰うから、目覚めてから二人でマンチュアに行きなさい」といいます。シェイクスピア劇には、娘の恋愛や結婚に父が干渉し、強制するのに対し、娘が抵抗したり、または屈服したりするテーマが絶えず出てきます。ジュリエットの場合もこれに入りますが、ジュリエットは父に反抗し自分の意志を貫くタイプですね。それに対し『ハムレット』のオフィーリアは、父に屈服するタイプの代表となります。

ところが、偶然の事故で神父の使いが着かぬ間に、ジュリエットの死を知らせる他の使いがロミオのもとに着いてしまいます。それを聞いたロミオは、もう生きていても仕方がないと思い、毒薬を買って墓に駆けつけます。そこで、婚約者との別れを惜しみに来ていたパリス伯爵と出あい、いきがかり上、伯爵を殺すことになってしまいます。その後、ロミオはジュリエットの美しい死体に最後の接吻をして、毒をあおり死にます。ジュリエットは目覚めてロミオの死を知り、彼の短刀をとり彼女も自殺してしまう、という結末になります。

善意からしたことがこういう結末に至ったのに神父は責任を感じ、ヴェローナの大公に報告します。それを聞いた親達は反省し手をとりあい、ここに両家の和解が成立します。二人の結婚が縁で和解が成立するように、との神父の願いとは違い、二人の死によって両家の和解が成立する、という皮肉な結末をもってこの物語は終わります。

3　シェイクスピアの改変

さて、シェイクスピアは当時までに書かれた素材を使い、それをもとにしてうまく作品を書くことが多いのですが、この場合は十六世紀のイタリアの作家バンデロの「ロミオとジュリエット」の話がもとになっています。一五六二年にイギリスのアーサー・ブルックが、バンデロのその『物語集』のフランス語訳に基づいて、『ロミウスとジュリエットの悲しき物語』という長編詩にしました。シェイクスピアはこれを直接の材源にして、筋はそのままで『ロミオとジュリエット』を書いたわけです。

シェイクスピアは自分の作品を書くにあたっていくつかの改変を加えました。第一の変更はジュリエットの年齢で、アーサー・ブルックの詩では十六歳、もう一つの英訳作品では十八歳にしてあったのを、シェイクスピアは十四歳にしたのです。第二の変更は時間で、アーサー・ブルックが九ヵ月にわたる事件としたのをシェイクスピアは僅か五日間の出来事に縮めました。これが若者の性急な情熱の燃焼を表わすのに適し、燃え上がったと思うとすぐ消える花火か流れ星のような、儚い清らかな印象を効果的に与えることとなったのです。第三の変更として、精力と弁舌の溢れんばかりのマーキューシオ青年を創造し、乳母の役割と性格を拡大したことが挙げられます。

ヒロインのジュリエットは、愛に生きた女性の理想としてシェイクスピアが描いたもので、親の強制する気にそまぬ結婚には妥協しない、そして愛を貫くためには命をも賭ける女性です。恋人のロミオと共に、プロローグにもありますように「不運な星のもとに生まれた恋人」ですが、これは二人がたまたま敵の家に生まれたというのみでなく、さらにたくさんの不測の事故が起きてしまうからです。六つもの思いがけない事件が二人の恋を悲劇に導くわけですが、順を追って見てみましょう。

舞踏会でロミオに逢い、恋を知ったジュリエットは、僅か十四歳足らずの少女でありながら急速に女として成長します。結婚式の後、ロミオが殺人を犯したとは知らずに彼を待ちわびながら独白する「早く夜よこい」という祝婚歌は非常に美しいものです。しかし、初夜を待つジュリエットにもたらされたのは、思いがけずロミオが殺人を犯して追放になった、という皮肉な知らせでした。この、結婚式直後にロミオが殺人を犯して追放になる、というのが第一の狂いです。

若い二人は嘆き悲しみますが、ロレンス神父に忠告され、心を強く持って意地悪な運命と戦おうと決心するのです。「ロミオよ、今夜はジュリエットのもとに行き二人の時を過ごしなさい。

夜が明けぬうちにマンチュアに旅立ち、そこで生きのびていれば、私はその間に二人の結婚を公表し、両家の和解をはかり、許されてこの町に戻れるようにするから……」と神父は言います。そうして二人は、明日は別れねばならないと知りながら最初にして最後の一夜を過ごすのです。一夜を過ごした後の語らい……

ジュリエット　もういらっしゃるの？　まだ朝には間がありますわ。おびえていらっしゃるあなたの耳に聞こえたのはナイチンゲール。ヒバリではありませんわ。……

ロミオ　いいや、朝を先触れするヒバリだった。ナイチンゲールではない。……行って生命を助かるか、ぐずぐずすれば死があるだけだ。（三幕五場）（中野好夫訳）

別れがたい気持ちに、切なく「やはりヒバリだったたか」と思うジュリエットですが、この後、二人はいたずらに悲しむのを止めて、愛を貫くべく運命と戦っていきます。二人の愛そのものが運命への挑戦という意味を帯びてくるので、二人が泣いている時は感動を与えませんが、泣くのを止めて大胆に運命と戦う決意を見せる時に感動をさそいますね。しかも、それが年若い主人公であればあるだけ雄々しい態度に感動させられます。

さて第二の狂いは、ジュリエットとパリス伯爵との婚礼の話が急に起こり、僅か二日後の木曜日に予定されてしまったことです。

一夜を共にしたロミオを送り出したジュリエットが悲しみに沈んでいると、従兄のティボルトが殺されたのを悲しんでいるのだ、と思いこんだ父親が、「ジュリエットがあまりに沈んでいるから、早くパリスと結婚させよう」と、二日後の木曜日に結婚させることにします。結婚を強制されて困ったジュリエットは母親に調停をたのむが拒否され、最後に幼い時からかわいがってくれた乳母に助けを求めます。しかし、現実的な乳母は、さっきまでロミオをほめそやしていたのに掌《てのひら》を返すようにロミオをくさすのです。「今となってはパリス様のように素晴らしいお婿さんと結婚なさるのが幸せです。パリスさまとロミオさまとでは月とすっぽんほども違う」と。そこでジュリエットは、父からも、母からも、乳母からも見捨てられた形で孤立してしまうのですね。しかし、一人になったジュリエットは、一人になったことによってまた強く成長します。「ばあや、もう向こうへ行っておくれ。あなたはもう赤の他人だ。私はこれからロレンス様の所へ相談に行く。が、もし何もかも駄目になったとしても、私自身がまだ死ぬ力を持っているわ」とジュリエットは言いますが、これが結末に結びつくわけです。

ロレンス神父のもとへ相談にいったジュリエットは、神父から四十二時間仮死状態になる劇薬を貰います。そして、両家の和解のために二人の結婚に力を貸そうとするロレンス神父のはかりごとに任せる決心をし、家に帰り、表向き結婚を承諾します。「先ほどは反抗してすみませんでした。おっしゃる通りパリス様と結婚します」と。ジュリエットの演技とは知らぬ父親はそれを聞いて大喜びし、「お前は心がけがよくなった。ならば折角だから結婚式を一日早めて明日にしよう」と言います。こうして、結婚式が一日早まり、水曜日になってしまった。これが思いがけない第三の狂いとなります。

このように神父のあずかり知らぬ所で起こった変更により、時間が短縮され、神父のたてた計画が狂っていく。このあたりにシェイクスピアがブルックによる材源に加えた改変——九ヵ月にわたる事件を五日間に縮めたこと——の効果が非常によく効いてくるわけです。そして、大人の知恵の及ばないところで若い二人の情熱が貫き通される、というテーマが効果的に浮かびあがってくることになります。

さて、ジュリエットはロレンス神父から薬を貰ったその晩に薬を飲まなければならなくなってしまいました。

ロレンス神父がマンチュアのロミオの所へ持たせた手紙は、使いのものが伝染病患者の家にいあわせたということで足止めをくい、それがまだ届かぬ間に、ジュリエットが死んだ、という間違いの報せが先にロミオのもとに届いてしまう、これが第四の狂いとなります。

ロミオはその知らせを見て驚き、別人のように勇敢になり、マンチュアの薬屋から自殺用の毒薬をもとめて驚くべき早さでヴェローナへ馬を駆って戻ってきますが、これが第五の狂いとなります。もうすこしマンチュアにゆっくりしていたら、ロレンス神父の第二の手紙が届いたでしょうに……。

そうしてジュリエットが安置された墓所に着いたロミオは、ジュリエットが仮死状態から醒める前に毒薬をあおって自殺してしまう。それが第六の狂いです。

このようにロレンス神父の計画が六つも裏切られていく経過をシェイクスピアは非常にうまく書いています。そして、若い二人は悲運の星のもとに生まれたというだけでなく、偶然の事故や運命のいたずらなどが全部重なり、悲劇的な結末になっていくのですね。そこでシェイクスピアは、大人の知恵が思い及ばない、大人の現実的配慮が届かないところに、現実を無視した若人のロマンティックな情熱が高く上昇していくという印象を劇化しているのではないでしょうか。

ロレンスは二人の恋に協力的ではありましたけれども、情熱そのものには批判的でした。結婚式の前に、ロレンス神父がロミオを諌める台詞を見てみましょう。

ロレンス　はげしすぎる喜びというものはとかく終わりを全うしない。勝利のさなかに命を落とす。あたかも火と火薬とのそれのように、触れ合う時が吹き飛ぶ時だ。甘すぎる蜜は甘きが故にかえって鼻につき、味わえば食慾も何も消えてしまう。だからな、愛はすべからくほどほどにするがよい。命長い愛はみなそうだ。〝過ぎたるは及ばざるが如し〟というからな。

（二幕六場）

ロレンス神父はこういう現実的な忠告をするのですが、そういう大人の計画や打算の及ばないところまで若人の情熱が突っ走って成就する。現実ではいのちを失うけれども、二人の情熱は私たちの卑俗な見方というものが届かない所まで到達したのではあるまいか、と感じさせます。ジュリエットが本当に死んだと思い、自分も死を覚悟した時のロミオは、従来のロマンティック・ヒーローの陳腐な型を脱却した素晴らしい台詞をのべます。

ロミオ　そのとおり、しかと間違いないな。それなら運命の星よ、お前に挑戦するぞ！……おれは今夜発つ……。おお、ジュリエットよ、今夜はきっとあなたと一緒に眠る。（五幕一場）

と実に大胆率直にいいますが、ロミオはこれ以上簡潔にしようのない言葉で心情を吐露するのです。そして、「もう誰にも頼れない、神父さまにも頼れない、自分一人の力で彼女の後を追って死のう」と決意した時に、ロミオは一人の男として一段と成長し、非常に強くなるのです。

ジュリエットの眠る墓所に駆けつけ、仮死状態のジュリエットの美しい顔を見た時のロミオの台詞は有名です。

ロミオ　愛する恋人、愛する妻よ。蜜のように甘いお前の息を吸いとってしまった死の神も、まだお前の美に対しては力を現わしてはいない。まだ征服されてはいない。頬にも唇にも、美の旗印はまだ赤々と翻っている。死の青ざめた旗はまだここまでは進められてはいない。……ああ、愛しいジュリエットよ。あなたはなぜそんなに美しいのか。（五幕三場）

このような台詞をロミオに言わせたシェイクスピアは、ここで、死の力さえも及ばない愛の貴さ、美の永遠性ということを謳いあげようとしたように思われます。

ロミオはジュリエットに接吻して毒薬をあおり、息絶えてしまいます。その後、ロレンス神父はあわてて墓に駆けつけるのですが、もうロミオは息絶え、近くにはパリス伯爵の死体も横たわっているのです。神父が驚愕している時、仮死状態だったジュリエットが目覚めます。思いがけない結果に茫然としているジュリエットに神父は言います。「人が来るといけないから早く逃げましょう。あなたを修道院にかくまってあげます」と。しかし、ジュリエットはそれを断ります。「いいえ、どうぞ神父さまこそお逃げください。私はいやでございます」そして、一人残ったジュリエットはロミオに接吻し、彼の短剣をとり、彼の死骸に折り重なって死んでいきます。——このように二人の若者は、共に親や神父の力の及ばない所まで行って二人だけの愛を成就するのです。そして、その二人の死が両家の和解につながることになります。

さてそこで表面的にみますと、この二人は不運の恋人であり、さまざまな偶然の出来事に災いされて敗北し、死に至った、ということになります。たしかに、生きて愛を成就することができなかった、という意味ではそれは敗北でありましょう。けれども、はたしてそれだけでありましょうか。

先ほどのロミオの台詞、ジュリエットの新しい女性像、二人が懸命に運命と戦って愛を貫こうとした姿勢の中に、私は、運命や死の力さえも及ばないところに愛の成就がある、愛の永遠のいのちがある、ということをシェイクスピアは書こうとしたのではあるまいか、と思うのですが……。

4 『アントニーとクレオパトラ』

中期以後のシェイクスピアの劇には悲劇が多くなり、魔女のような女性が多く登場します。女が男を裏切る、という内容の劇がいくつか書かれまして、四大悲劇のあとでシェイクスピアは『アントニーとクレオパトラ』を書きます。

クレオパトラはジュリエットとは対照的に、愛の技巧、手練手管《てれんてくだ》を弄《ろう》する女性として登場します。世界の帝王といわれるジュリアス・シーザーと恋をし、シーザー死後はマーク・アントニーを恋人にします。アントニーは武勇の誉れ高いローマの大将軍でしたが、その名誉をすべて捨ててエジプトの女王クレオパトラに耽溺してしまいます。この劇ではローマが代表する武勇・名誉・理性と、エジプトが代表する本能・愛慾が対置されています。

その両方の間で揺れ動くアントニーが、結局ローマの武勇を捨てて、他のローマ人から魔女視されるクレオパトラの愛慾にすべて身をまかせてしまう。そして、〝ローマの恥〟とののしられながらも本人は幸福感に酔いながら死んでいく、という結末ですが、この劇はいくつかの点で『ロミオとジュリエット』に似ています。

アントニーが戦争に負けたのは、クレオパトラの色香に迷って、逃げだしたクレオパトラの後を追ったからだと非難され、さすがに恥じたアントニーは、自分はクレオパトラのために名誉を失った、と怒ります。そのアントニーの心をもう一度自分に惹きつけるためにクレオパトラは技巧を弄し、自分が死んだという誤報を流させます。アントニーはそれにひっかかり、クレオパトラが本当に死んだと思いこみ、後を追って自殺してしまいます。この点は『ロミオとジュリエット』によく似ていますね。

アントニーは自殺しそこない、そのあと苦しみながらしばらく生きるという失態を演じるのですが、それでも彼女への愛を深く持し、最後にはクレオパトラが死んだというのは嘘だったということがわかったのにもかかわらず、それを寛大に許し、クレオパトラの行末の安全まで思いやって死んでいきます。この時に、それまでアントニーを本当に愛しているのか、あるいはテクニックではないか、と思われるようなところのあった魔女のようなクレオパトラが、寛大に許して逝ったアントニーを本当に愛するようになるのです。今までの手練手管を越えて愛ひとすじになったクレオパトラが、死なれた後でアントニーを恋い慕う台詞を、シェイクスピアは実に素晴らしく書いています。

「私はアントニー皇帝という方がいらっしゃる夢をみました。おお、もう一度眠りたい、素晴らしい人にもう一度お会いできるように夢をみたいから……」「私が夢みたアントニーの顔は天のようでした。そして、その天に太陽と月がありました。その太陽と月が、軌道をめぐり、小さな丸い地球を照らしていました」――と、アントニーの顔が宇宙そのものだ、と壮大なイメージを用いて言っています。また、「彼の両脚は大きな海をまたいでおりました。……彼の寛大さはいくら取り入れても際限なく実る秋のようです」（五幕二場）

クレオパトラはアントニーを〝恵みふかい皇帝、夢をもしのぐ実在〟と称え、あとを追って自殺します。女王の衣冠をつけ女王にふさわしく威儀を正して、「私はいま、私自身の中に不滅への憧れをもっている」と言いながら……。つまりクレオパトラは、死ぬことにより新しい天と地をもつ国でアントニーに逢えるのではないか、不滅の愛を成就できるのではないか、という憧れを持っているのですね。ここでもシェイクスピアは、肉体は死んでも愛は不滅なものとして生き残るということを暗示しているように思われます。

「エジプトの葡萄ももう私の唇をひたすことはないでしょう……アントニーの呼び声が聞こえる……私の勇気があなたの妻という名に恥じないように。いま私は肉体から脱し、火と空気になって天にのぼり、この五体を作る他の元素、土と水を卑しい地上の生活に残していく」（五幕二場）原文ではここで、クレオパトラが「ハズバンド・アイ・カム」と呼びかけていまして、これはその前にアントニーが自殺をはかる時「アイ・カム・マイ・クィーン」と呼びかけた言葉と呼応しています。〝アイ・カム〟には性的な連想があり、肉体の歓喜と重ね併せながら、二人の恋人が死によって肉体の限界を超えて霊の世界で始めて結婚を成就する、というイメージをつくりだしています。クレオパトラはアントニーの情婦というイメージで今まで書かれてきましたが、ここで初めて彼の正妻になるわけです。

この台詞の素晴らしさには、いかに手練手管を弄するクレオパトラでも、死ぬ時にはジュリエットに負けない純潔さをもって愛を成就したにちがいない、と思わずにはいられません。

つまり、ここでシェイクスピアは、伝統的な貞潔の観念をのりこえて、何人もの男を遍歴した魔女のようなクレオパトラが、最後にアントニーとの愛を経験し、アントニーと合一することによって、肉体の遍歴を超えてジュリエットのような貞潔さに戻ったのではあるまいか、ということを暗示しているように思われます。。そして、清浄なジュリエットと妖性のクレオパトラ――この二人の対照的女性を結合し、彼の愛の完成像としたのではあるまいか、と思われるのであります。

ところでシェイクスピアの時代には、イギリスの公衆劇場の舞台には女優がいず、女役は少年が演じていました。一座の優れた少年俳優がジュリエットやクレオパトラを演じていたと想像すると、シェイクスピアの女性像を考えるのがますます面白くなりますね。

第七章　シェイクスピアの魅力
――『ハムレット』を中心に――

1

ウィリアム・シェイクスピアは一五六四年に生まれ、一六一六年に亡くなった。その彼が約四百年前に書いた『ハムレット』が、日本では一九九〇年の一年間で十七も上演されたと聞くと驚かざるをえない。日本のみならず二十世紀も終わりの世界各国で、彼の作品が愛され上演されつづけるその魅力の秘密を、『ハムレット』を中心に考えてみることにしよう。

シェイクスピアが故郷ののどかな農村ストラットフォード・アポン・エイヴォンをあとにロンドンへと上京したのは、一五八〇年代の終わりごろであった。ロンドンは当時ヨーロッパ第一の大都会に急成長しつつあり、人口の急激な増加をはじめ、社会的・経済的に大きな変化のただ中にあった。彼がこのロンドンで劇作に打ち込んだのは一五九〇年ごろから一六一二年ごろまでの約二十年間、それはエリザベス一世の治世の晩年からジェイムズ一世治世の初期にまたがり、イギリスのルネサンスの最盛期から爛熟期にかけてであった。時代思潮については、中世以来のイギリス土着の伝統的な考え方が、外来のルネサンス文化の新しい波に揉まれ、洗い直される――そういう過渡期であった。

ところでシェイクスピアの素晴らしい才能は、「客観的」とか、「公平無私」とか、「千万人の心をもつ」とかいう言葉で評されることが多い。だがここで注意すべきは、彼の天才が、彼の生きた時代のイギリスという時間的・地理的条件と無縁のところから生まれたように考えてはいけないということだ。シェイクスピアの魅力は、実はそれ自体まぎれもなく、当時の社会的・歴史的条件の中から生まれてきたものであり、それらをまるごと包括し劇化できたところにこそ、彼の天才たる所以があると考えるべきであろう。シェイクスピアの友人でライヴァルでもあった劇作家ベン・ジョンソンは、シェイクスピアの死後に出版された第一フォリオ版全集（一六二三）

に寄稿した時、「彼は一時代に属するのではなく、永遠の人であった」（"He was not of an age, but for all time."）と書いた。人々はこの名文句を記憶し、しばしば引用してきた。しかし実はジョンソンは、その十数行あとのところに、シェイクスピアのことを「彼の時代の魂」（"the Soule of the Age"）とも書いているのだ。今日私はこのことを踏まえ、シェイクスピアの劇が十六——十七世紀のイギリス社会のエッセンスを集約しているということ、しかも同時に、それゆえにこそ永遠の天才たりうるということをお話ししたい。

シェイクスピアの時代は、経済、政治、宗教、道徳や生活様式などイギリス社会全般にわたり、過渡期の状態にあった。それは封建諸侯や騎士が全盛だった中世とも違い、ブルジョワジーの勢力が盛んになった近代とも違う、一種特別な中間の時期だった。すなわち混乱と不安を含みながらもまだ市民革命の芽生えが見られない時期、さまざまの異なる考え方が分裂することなく共存しているという時代であった。こういう時代に書かれたシェイクスピアの劇は、異質のものやさまざまな価値観の共存する世界であるといえる。

例えば、『夏の夜の夢』という初期の楽しい喜劇がある。この中には四つの全く異質な世界が結び合わされている。つまり妖精の世界、古代アテネの宮廷人の世界、上流階級の恋人たちの世界、そして劇中劇を演じる素朴な職人たちの世界である。このアテネの職人たちは、シェイクスピアの時代のイギリスの、あるいはロンドンの愛すべき職人たちを念頭において書かれていることは、誰しも気づくことである。プロットは、古代アテネの夏至の宵祭のみならず、イギリスの五月祭の行事を背景にしており、劇作家の故郷の森を思わせるような森の中で、イギリス土着の妖精が活躍する。このように、古代アテネとルネサンス期のイギリスが何の苦もなく重ね合わされているのだ。

このようなシェイクスピア劇の特徴を言い表わすのに便利な表現を、『ハムレット』の劇から拾ってみよう。二幕二場で、旅役者の一行が宮殿を訪れたことを、ポローニアスがハムレットに報告する際、彼は旅役者を次のように評する。「天下の名優でございます。悲劇によく、喜劇にもよく、さらに歴史劇、田園劇は申すに及ばず、田園喜劇、史劇的田園劇、悲劇的歴史劇、非喜劇的史劇的田園劇、古典物、新作物、いずれにも向いております」と。この言葉こそ、実にシェイクスピア劇自体の多元的・重層的な魅力を言いあらわしていると考えられる。

『夏の夜の夢』の劇世界の特徴は異質の要素の共存であり、『ハムレット』の場合も同様のことが言える。だがとりわけこの悲劇の特徴は、ハムレットという主人公自身が、多元性・重層性をもっともよく体現していることであろう。彼は悲劇の主人公でありながら、ある時は喜劇の道化師と同様の役割を果たす。最高の知性をもつインテリでありながら、狂人さながらの不可解な言動をする。復讐者でありながら、長い間復讐をしない復讐者である。母を愛すること人一倍の息子でありながら母に暴言を吐き、オフィーリアを愛しながら、自ら彼女の発狂の原因となる。

2

シェイクスピアは生涯に四十篇近い劇を書いたが、ほとんどの劇は古い素材を創り直したものである。当時は一般にそういうやり方で劇を書く者が多かったのだが、先祖代々伝えられてきた民話や伝説、古い歴史上の事件、または中世やルネサンス期の先輩文人の書いた物語や劇、こういうものをシェイクスピアは存分に活用し、それを全く新しい感じのものに創り直したのである。『ハムレット』の場合も例外ではない。もともとハムレット物語は、中世の北欧民族の間に口伝えされた伝説であった。ハムレットに相当するこの北欧伝説の王子の名は、元来アムロジ（Amlothi）と言い、やがてアムレス（Amleth）となった。その伝説を十二世紀末のデンマークの歴史家サクソが『デンマーク史』にとり入れてラテン語で書き、それが印刷されたのが十六世紀の初め頃だった。次に十六世紀後半、シェイクスピアが生まれて数年後、フランスの作家ベルフォレが『悲劇物語』という物語集にこの話をとり入れてフランス語で書き、これが全ヨーロッパに広く流布されるに至った。イギリスでは、これらをもとにしてハムレットの悲劇が十六世紀に書かれ上演されたが、それはシェイクスピアの作品ではなく、彼の粉本と推定される「原ハムレット」(Ur-Hamlet) と呼ばれるものである。そのテキストは失われてしまったが、ベルフォレの作品を粉本にしたと推定されており、一五八九年ごろ、ロンドンのシアター座で上演されたことがわかっている。作者はシェイクスピアより六歳年長のトマス・キッドであろうと考えられている。「原ハムレット」はわずか二―三年上演されただけで消滅するが、その理由はおそらく、シェイクスピアの『ハムレット』が一六〇一―二年に初演されて大ヒットした結果、駆逐されたのであろうと推測される。

以上のような戯曲生成の長い歴史をもつ『ハムレット』について、いくつかの問題点を考えていくことにしよう。この劇のはらむ問題点は、主人公ハムレット自身が思い悩む問題と重なっている。すなわち、復讐という問題にどう対処するか、亡霊をどう考えるか、母ガートルードと現在の王クローディアスとの関係をどう考えるか、ハムレットのオフィーリアに対する愛はいかなるものであるかなどであるが、これらの問題点が北欧伝説やサクソの『デンマーク史』やベルフォレの『悲劇物語』、またイギリスの「原ハムレット」にもすでに存在していたかどうかを知れば、シェイクスピアがそれらをどう改変して同時代色を盛りこみ、彼独自の悲劇を作り出したかがはっきりわかるということになる。

3

まず「復讐」のテーマについて。父の復讐というテーマは、ハムレットの物語の根幹にもともとあった古いものであるが、シェイクスピアはこれに、独自の新しい復讐観を盛りこんだ。

中世には当然の行為とされていた「私的・個人的復讐」は、エリザベス朝には、宗教的にも、道徳的にも、また法律的にも許されぬものとされていた。しかし前述のように、十六世紀末には伝統的な考え方がまだ多分に残存し、「復讐」についても特に一般大衆の間に、これを心情的に容認しようとする中世以来の伝統的な感覚が残っていた。このようなジレンマの中で、ルネサンス期のイギリスでは多くの血なまぐさい復讐劇が書かれ、演じられた。ハムレット物語も元来は流血悲劇的な要素の濃い話であり、シェイクスピアがそれをそのままストレートに劇化したら、「原ハムレット」と同じようなものにしかならなかったであろう。しかしシェイクスピアは、主人公ハムレットをルネサンスの新思想を学んだ知性人、しかもきわめて敏感な宗教的・道徳的感覚をもつ王子として造型した。そのような人物が、父の復讐という本質的には中世的な課題、しかもエリザベス朝イギリスでは反倫理的とさえ考えられていた課題を与えられたら、どう考え、悩み、対処するであろうか。これこそが、『ハムレット』のいかなる原話や粉本にもない、きわめて同時代的な、いわば当時の人々にとっての現代的な問題となったのだ。シェイクスピアのハムレットは、人間とは何か、自分とは何かを考え、自己に忠実たらんとする新しい個我の意識と、父に忠実たらんとする復讐者の役割との相剋に悩むのである。

サクソ、ベルフォレ、そして多分「原ハムレット」においても、主人公が復讐をなかなか果たせないのは、主として仇の周辺に見張りが堅固であって近づけないという外的・物理的障害によるのである。ところがシェイクスピアのハムレットの場合は、復讐への障害は彼自身の心の中にある。復讐のみではない。亡霊への判断も、母への疑惑も、オフィーリアの愛への不安も、すべて彼の心にわだかまる主観的な問題に変えられてしまっている。ハムレットはこれらの問題に起因する苦悩を、主として独白の形で表現するが、これは観客の共感をひきつけるのに実に効果的な手段なのである。

第二の問題点として「亡霊」について考えよう。幽霊はサクソの「デンマーク史」にも、またベルフォレの「悲劇物語」にも存在しなかった。「原ハムレット」の幽霊については、当時の文人トマス・ロッジが「シアター座に現われた幽霊は、まるでカキ売り女のように惨めったらしい声で、『ハムレット、復讐せよ』と叫んだ」と書いているところから、いわば伝統的で古風なおどろおどろしい幽霊だったと考えられる。

シェイクスピアの『ハムレット』における幽霊を考えるのには、エリザベス朝の人々の霊魂に関する考え方について知らねばなるまい。当時の人々は一般的に幽霊の存在を信じていたらしいが、『魔術暴露』（一五八四）の著者レジナルド・スコットのようにその存在を否定する少数の知識人もいた。彼は幽霊のことを、憂うつ症患者の錯覚か、悪党のごまかしであると説明した。シェイクスピアはその本を知っていたと推察される。『マクベス』執筆の折りにそれを参考にしたと考えられるからである。『ハムレット』一幕一場におけるホレイショーの幽霊に対する最初の態度は、このスコット的な態度をあらわしていると思ってよかろう。幽霊に関する当時のもう一つの論点は、幽霊の起源に関するものだった。中世以来の伝統的、かつカトリック的な考え方では、死者の霊魂が生者とコミュニケートするために煉獄から帰って来ることを許されたものだというのである。これに対し、煉獄の存在を信じない新教徒たち――その中には知識人が多く含まれていた――は、幽霊は死者の霊魂ではなく、別種の霊魂なのではないか、たとえば聖霊か、あるいは逆に何か悪い企みのために死者の姿を装って現われる悪魔であろうと考えた。当時のイギリス社会では、この幽霊論争は大変活発で、人々の大きな関心を集めていた。

『ハムレット』には、この幽霊論争を背景にしたらしく、三種類の異なる幽霊観の持主が登場する。まず哲学者ホレイショーは、前述のように、最初の段階では幽霊の存在自体に懐疑的、あるいは否定的である。これに対して見張りに立つ素朴な兵士マーセラスとバーナードはカトリック的。そして王子ハムレットはといえば、彼はヴィッテンベルク大学、つまりルターによる宗教改革の本拠地ともいうべき大学の学生であることから、おそらく新教徒的な考え方の持主と思われる。

ハムレットは初めて幽霊を見た時、「お前は何者だ。聖霊か悪魔か、天国から来たのか、地獄から現われたのか」と呼びかけるが、やがて実際に幽霊と話を交わすうちに、父王の亡霊であることを信じはじめる。しかし幽霊が消えるやいなや、また懐疑が頭をもたげ、彼の心は長い間揺れ動く。この幽霊自体、「原ハムレット」の幽霊とは違って、あくまで威厳に満ちた重厚な印象を与え、けっしてセンセーショナルなものではない。

当時のイギリス社会には、さまざまの宗教観が混在していた。このような時に書かれた『ハムレット』には、新しいタイプの幽霊と、さまざまの考え方をもつ人物が登場し、霊魂の問題を追究する劇となった。他方、幽霊の出没のし方や時刻に関しては、暁を告げるニワトリの声と共に消えるなど、当時の民間伝承がとり入れられている。当時の観客には、旧教徒、新教徒、また知識人も無学な大衆も混じっていたのだが、この多元的な幽霊をそれぞれ大いに楽しんだに違いない。そしてこの幽霊は、幽霊の存在など信じていない現代の観客の知性にもアピールするだけの複雑な奥行きをもつことになった。

第三の問題点として、母の貞操に関するハムレットの疑惑について考えよう。ベルフォレの物語では、王妃は夫の生前からその弟と密通していたことが明らかであり、彼女はその罪滅ぼしに息子の復讐計画に積極的に協力する。ベルフォレを粉本にしたらしい「原ハムレット」でも、似たような王妃像だったと推定される。これらに対して、『ハムレット』の三幕四場、ガートルードの私室の場面を見ると、彼女の台詞から、クローディアスによる夫の殺害のことは全く知らなかったことがわかる。ところが同じ場面で彼女は、「ああハムレット、おまえの言葉は私の目を私の心の中の黒いしみに向けさせる」と言う。その「しみ」とは何を指すのか明らかではない。同じ場面におけるハムレットの言葉もあいまいである。クローディアスのことを「結婚の誓いを、ばくち打ちの誓いと同様いかさまなものにしてしまう」と言って母に迫るが、この言葉には彼の疑惑が暗示されているとはいえ、「姦通」というはっきりした言葉は使われていない。

一幕五場で、亡霊はクローディアスのことを、「近親相姦を犯した」(incestuous)とか、「不義の」(adnlterate)と断言する。しかし十六世紀のイギリスでは、義弟と義姉との結婚は近親相姦

（incest）とみなされていたので、右の二つの形容詞が、夫の生前から二人が密通していたことを指すのかどうかは不明である。このように、ガートルードの不貞について、またクローディアスによる夫殺害を知っていたかについての疑念は、あくまでハムレット一人の心の中の問題として書かれているのだ。当時の観客の中に、「原ハムレット」の上演を見た者、あるいはベルフォレの物語を知っていた者があれば、シェイクスピアがガートルード像をあいまいなものとして書いていても、彼らは現代のわれわれよりも悪い先入観をもって見たかもしれない。いずれにせよ、彼女への見方は、人によってさまざまであろう。彼女は人のよい平凡な女、息子を愛する母、そして先王の生存中は彼を愛し、彼が死んだ時はそれなりに悲しみ、夫の弟と再婚すれば今度は新しい夫を愛するという、いわゆる可愛い女の一タイプと考えることもできよう。心理学や精神分析学に関心の強い現代人は、ハムレットとこの母との間にオイディプス・コンプレックスを感じとり、そういう意味での興味をこの劇にかき立てられることもありうる。

次にオフィーリアについて。彼女のハムレットへの愛も、ハムレットの彼女に対する愛も、彼女の発狂の原因も、シェイクスピアは完全に論理的に納得できるように書いてはいない。例えば「尼寺の場」では、ハムレットは彼女に対して「僕は君など愛してはいなかった」と言い、彼女を嘆かせる。しかし彼女の死後、彼は彼女の墓穴に飛びこみ、彼女の兄レアティーズに対して、

「兄貴などの及びもつかぬほど、自分はオフィーリアを愛していた」と公言する。このように、ハムレットが母や恋人を、そして母や恋人への疑いを通して女性全体をどう考えるか、どう考えるべきかという彼自身の迷いや疑問を、各時代の観客の一人一人が、彼と共に経験することになる。さらに、エリザベス朝イギリスにおける女性観の多元性についても注意する必要があろう。

ハムレットの佯狂についてはどうか。王子の佯狂というテーマは、すでに北欧伝説の王子アムロジにも見られた。「アムロジ」という名前は、デンマーク語で「狂気」とか「ばか」という意味であり、ばかを装う王子には至極ふさわしい。シェイクスピアのハムレットの佯狂ぶりは、この古いテーマを踏まえつつも実に新しいものとして書かれている。十六世紀末には、世紀末の不安な時代思潮、またエリザベス女王の後継者に誰がなるかという不安の中で、特にインテリの間に憂うつ病患者が多く現われた。十七世紀初頭、ジェイムズ一世の治世になってからもこの傾向は続き、「メランコリ」についての多くの本が書かれた。シェイクスピアはハムレットを気分の変わりやすい憂うつ病、つまり現代病の典型的人物として創造し、その彼に正気と狂気の区別がつけ難いほど微妙な佯狂と道化性を重ね合わせた。彼の佯狂は、現代の病理学・精神医学の恰好の対象とさえみなされている。さらにハムレットは、自ら狂気の演技をするのみならず、劇中劇の脚本に加筆し旅役者らの演出まで担当するという演劇性の持主である。

4

このようなハムレットの変幻自在の多面的魅力を支えるのは、彼の言葉の複雑さである。例えば第三独自の“To be or not to be……”の“be”とは何を意味するのか。“to live”とか“to revenge”という語で意味を限定しないのはなぜなのか。実はこれこそハムレットの言葉の魅力の端的な好例なのだ。“be”という動詞には、このまま復讐しないでいること、生きつづけるということ、自分の正体のままでいることなど、複数の意味が含まれている。観客も読者も、このあいまいな一語の中にさまざまの意味のニュアンスを取り込むことができるのだ。

彼が初めて登場してしゃべるのは一幕二場。クローディアスとガートルードの結婚が宣言されるめでたい場面へのハムレットの登場はまことに印象的である。彼は華やかな廷臣たちの一番あとに、ただ一人黒い喪服をまとって遅れて現われる。そしておそらくは、他の人物たちから離れて座を占める。観客の視線は当然彼に集中することになる。いうまでもないが、演劇では、言葉と身ぶり、衣装、役者の舞台上の位置などは一つに結びついて、人物の印象、劇の意味を生みだすのであり、ハムレットの多元性の魅力も例外ではない。

舞台中央の奥には一段高い王座があり、そこでクローディアスが荘重な演説をしている間、ハムレットは王や廷臣たちよりも多分ずっと観客寄りに位置している。それは王座と劇場の観客席との中間のどこかであり、王座の王や、王を取り巻く廷臣たちに論評を加えるのにもっともふさわしい位置と考えられる。すなわちハムレットは、シェイクスピアの多くの喜劇やいくつかの悲劇において道化が占めるのと同様の位置を占め、冷たい批判的な眼で、王や王妃や廷臣たちを眺めていると推察できる。王との対話を見よう。

王　それはそうと、ハムレット。今度は私の甥でもあり息子でもあるお前だが……
ハムレット　血《キン》はかよっても、心《カインド》はかよわぬ。
王　どうしたのか、おまえの顔にはいつも暗いかげが消えぬようだが？
ハムレット　そうでしょうとも、どうせ日蔭者ですからね。
（三神勲訳）

King. ……But now, my cousin Hamlet and my son ——
Ham. A little more than kin, and less than kind.
King. How is it that the clouds still hang on you?

Ham. Not so, my lord, I am too much in the sun.

親しみを見せようとする王の言葉を、ハムレットはにべもなく拒絶し、そうすることで対話の約束事をも無視する。彼は宮廷の中心的存在たる王子でありながら、空間的にも、心理的にも、言語的にも、宮廷や宮廷人から遠く離れ、宮廷の礼儀や階層的序列に従うことを拒み、道化特有の言葉遊びをやってのける。「血《キン》はかよっても心《カインド》はかよわぬ」というせりふは、たくみな語呂合わせを含む上に、「血が濃いほど情けはうすい」（“The nearer in kin the less in kindness.”）およびその他数種の同様の諺に基づいている。このように「血《キン》と心《カインド》」、「かげ《クラウド》と太陽《サン》と息子《サン》」という類《たぐい》の語呂合わせと諺のみごとな結合は、ただ観客の笑いを誘うだけではない。それはハムレットに対する観客の親近感を呼び起こし、彼らに対してハムレット独自の視点への理解を求める働きをする。その他、シェイクスピアはハムレットに、独白、傍白、駄じゃれなどの自由自在な駆使のほか、日常語や散文体の多用など、さまざまの言語的手段を通して、民衆を含む観客との間に心情的な絆を確立させるのだ。

『ハムレット』という劇は、ハムレットという知的で鋭敏で道徳的、しかも同時に荒々しい活動性や皮肉な道化性を兼ね備え、一言で言えば多元性の塊である人物が、周囲の世界に潜むいろいろな謎に挑み、自らの多元的能力をフルに発揮して、謎の実体をつかもうとする、その主観的努力と内面的な苦悩を劇化したドラマである。シェイクスピアは中世の伝説と、それを物語化したルネサンス期フランスの話と、さらにそれを劇化したルネサンス期イギリスの先行悲劇を踏まえて新しい劇を書いた。このように全ヨーロッパ的な広さと数百年の古さをもつハムレットの話に、ルネサンスの時代思潮や社会背景や時事的トピックが盛りこまれた。ハムレットがローゼンクランツらと語る少年劇団の隆盛という話題はその一例である。また結末のレアティーズとの決闘には、ルネサンス期イタリアの文人カスティリオーネの『廷臣論』（英訳一五六一）の影響と思われる新しい形式がとり入れられている。

十七世紀の観客がこういう劇をどのように見たかは想像する以外にないが、現代のわれわれの見方とはずい分違っていたであろう。しかしわれわれと同様、一人一人かなり違った見方をしたのではなかろうか。例えば政治的ニュースの好きな人は、ハムレットの中にエリザベス一世の寵臣エセックス伯の俤を見たかもしれないし、母の乱倫に心を悩ますという点で、女王の次に即位することになるスコットランド王ジェイムズ六世（のちのイングランド王ジェイムズ一世、彼の母はメアリ・ステュアートであった）の俤を見たのかもしれない。

いうまでもなく現代人は、当時のイギリスの社会・思想・演劇背景を詳しくは知らないし、また――イギリスでも日本でも――どんなに勉強しようとも、初演当時の観客と同じ見方でこの劇を見ることはできない。シェイクスピアという劇作家が、あの時代のイギリスの渾沌たる社会からこそ生まれえたように、われわれはあくまで二十世紀末の渾沌たる日本にこそ生きている観客である。重要なことは、シェイクスピアの劇作術が、『ハムレット』という悲劇、そしてハムレットという主人公に、多元性・重層性を盛りこみ、完全に論理的な説明を与えずに観客の想像力・理解力の活動に任せる領域を残しているゆえに、観客は国や時代の別にかかわらず、それぞれ異なる魅力をこの劇に発見することができると考えられる。

6

詩や散文物語がふつう作者と読者という二者の交流に依存する文学形式であるのに対して、演劇は違う。作者、演出家（当時は作者が兼任）、複数の俳優、そして（当時のロンドンの公衆劇場では二〇〇〇—三〇〇〇名という）多数の観客が、共同作業によって一つの劇を成立させるのだ。演劇こそ、ルネサンスという多元的な時代に生きた多元的な天才シェイクスピアにもっともふさわしい芸術形式であったといえよう。

シェイクスピアが所属した劇団は、女王の時代には宮内大臣をパトロンとする宮内大臣一座であり、時々宮廷で御前公演をしたが、平常はサザックの公衆劇場グローブ座で、庶民を中核とする多勢の観客の前で演じた。時には旅巡業で田舎を回ることもあった。当時は宮廷で上演される劇は公衆劇場のレパートリー中から選ばれたので、女王をはじめ一般民衆まであらゆる階層の観客が同じ劇を楽しんだといえる。

ハムレットはデンマークの民衆に人気の高い王子であり、民衆劇の旅役者たちと仲が良く、墓掘り人夫の道化と親しく言葉を交わすのみならず、自ら道化でさえもあるという王子なのだ。このようなハムレットの多元性の魅力は、もしかしたら、宮廷の庇護を受けつつ民衆の喜ぶ劇を書こうとする劇作家自身の演劇的努力の反映であるかもしれない。

しかも『ハムレット』という劇は、シェイクスピアの多くの劇の中でもとりわけ、時代や国や言語の別を超えて生き続け、愛され続けると思われる劇である。どの時代、どの国のどんな階層に属する人でも、まじめに真剣に人生を生きていこうとする限り、必ずや自分と、自分を取り巻く世界とのギャップに苦しまずにはいられない。世界が自分に課す圧迫の実体を把握し、それと戦い、よりよく生きていきたいという願望を、われわれは皆もっているはずである。まじめに考える人ほど、社会の矛盾に苦しみ、自分の時代が変動に満ちた不安な過渡期であることを実感せずにはいられない。そういうわけで観客であり読者であるわれわれは、常に一人一人がハムレットであるといえるのではなかろうか。

第八章　シェイクスピア劇における女性のライティング

1

エリザベス一世の書き残した文書のうちに、一篇の恋愛詩が含まれている。弱強五詩脚六行三連から成るこの詩は、一五八二年、女王が四十八歳のとき、最後の公式の求婚者として英国に滞在したフランスのアランソン公（のちのアンジュー公）フランソワが求婚を諦めて帰国する折に書かれたと推定されている。第一連を引用しよう。

我は嘆けど満たされぬ思いを示しえず。

我は愛すれど、嫌うふりをせざるをえず。
我なせしこと、本心よりとはあえて言わず。
我は無言を装えど、心のなかは饒舌なり。
我は我にして我にあらず。心凍り、しかも燃え上がる。
もう一人の我が我自身に背きしゆえに。

これは、かつて『エリザベス女王の詩』を編纂したL・ブラドナーが、大方の意見に逆らって、女王がこのような私的感情を明らかにすることは考えられぬという理由で、なんらかの政治的必要から彼女が書いたか、誰か他の者が女王の名前を使って書いたものかもしれぬと推測した、いわくつきの詩である。しかし最近出版された女王の著作集の決定版ともいうべきものには、この詩が女王の真筆として掲載されている。

とにかく女王の公的立場、彼女の他の書き物の性質やフランソワの求婚の背後にある政治的事情を考え合わせると、これが彼女の個人的心情の正直な表現であるとは到底感じられない。エリザベスはその高い文学的教養を駆使して、「つれない美女」のパターンにのっとり、ペトラルカ風恋愛詩のレトリックを利用してみせたのであろう。いずれにせよ、近代初期英国において、女性がこのような恋愛詩を書くこと自体がきわめて異例であり、ましてや文筆によって内心の感情を表現するなどは、ほとんど考えられなかったことを忘れてはなるまい。

2

近代初期英国で、本格的な恋愛ソネット連作集をはじめて書いて出版した女性は、メアリ・ロウスである。彼女はフィリップ・シドニー、その妹メアリ・シドニーの姪で、名門シドニー家の誇り高い血統と豊かな文才を受け継ぎ、その自負を支えにして執筆に取り組んだのであった。彼女の詩集『パンフィリアからアンフィランサスへ』は、彼女がやはり英国女性としてはじめて執筆したロマンス物語『ユーレイニア・第一部』と合本で、一六二一年に出版されたのである。恋愛詩もロマンスも、ともに当時女性にとってタブーとされていた文筆のジャンルであった。さらに加えて、『ユーレイニア』は一種の実話小説《ロマン・ア・クレ》であり、女主人公パンフィリアの原型は作者自身、その恋愛の相手である主人公アンフィランサスの背後には、ロウスの従兄で彼女が生んだふたりの庶子の父親ウィリアム・ハーバートの存在が透けて見えるのみならず、ジェイムズ一世の廷臣とおぼしき人物たちが多く登場するために、世間にセンセーションを巻き起こしたのであった。

ロウスはこの出版が引き起こしたスキャンダルにより、大きな痛手を蒙り、第一部は回収、第二部は未完に終わった。『パンフィリアからアンフィランサスへ』のみならず『ユーレイニア』にも、パンフィリアの恋の詩が多く含まれている。パンフィリアはパンフィリア王国の女王であり、しかもエリザベス一世を念頭に置いて書かれたと推定される処女王である。

現実の英国女王の恋愛詩と比べると、約四十年後に書かれた虚構の国の女王のそれには、女性の主体の自己表現をようやく垣間見ることができるように思われる。

天の栄光を示しわれらの目に汝の輝きを賛美させる
汝聖なる星たちよ、
われはより激しき火をわが心に
燃えたたす姿を地上に見るとも、羨むことなかれ。
かくも美しきものは欲望を生むと告白せざるをえず。
汝は輝きてわれらに清き光を注ぐといえども
地上の姿はわが愛する魂に

より多くの熱を吹き込み、彼の恵みを知らしめる。

汝は清く明るく輝いてあれど、わが喜びの
この光は固く定着し、その光を
われより去らしめず、彼へのわが愛も揺るがず、
わが至福の高みとしてつねにいや増す。

彼の姿は愛が支配するわが目にいのちを与え
わが愛を満ち足らわせる。愛は彼のなかに住まうゆえに。

『パンフィリアからアンフィランサスへ』のなかで、この詩を含む最初の五十五篇は、愛の神ヴィーナスとキューピッドによる支配と、それに対してパンフィリアが自らの心の奥底を探って彼女自身の愛の真実を発見していくプロセスをうたっている。ペトラルカ風恋愛詩の伝統的イメージを踏襲しながらも、女性の主体が苦悩と葛藤のなかで発現していく過程をみごとに捉えたこれらの詩は、近代初期英国の女性のライティングが成熟に向かって一歩前進したことを感じさ

せる。

3

エリザベス一世の恋愛詩執筆に先立つ時期から架空の処女王パンフィリアの恋愛詩が生まれるころまで、英国社会では、識字率の上昇と印刷文化の発展が著しかった。人文主義教育の恩恵を受けた王族・貴族の女性は文筆活動に積極的であったとはいえ、その執筆の範囲はきわめて制限されていた。宗教書の翻訳はもっとも好ましいものとされ、祈祷文、弔慰文、瞑想録の類、家庭的主題、また日常生活と関係の深い日記や手紙などは、女性にふさわしいと考えられていた。

ヘンリ八世の招きで一五七三年にスペインから来た人文主義者ヴィーヴェスはメアリ王女の教育を使命としていた。女性教育の必要を叫んだ教育者や思想家の代表者ともいうべき彼でさえ性的偏見から脱却できず、女性は誘惑に負けやすいという理由で、恋愛詩やロマンスを読むことを禁じた。彼の教育論の対象は上流女性であったが、女性の執筆に関しては、さらに厳しい制限を課した。何か有徳な生き方を示す諺や金言の類を写すのが良く、自ら文章をつくることは許そうとしなかった。ヴィーヴェスに限らず、女性の読書と文筆については、この種のジェンダー・イデオロギーに基づく階層性が行き渡っていた。このような文化の中で、女性の創作活動、とりわけロマンスや恋愛詩の執筆、またラヴレターを書いたり送ったりすることは、女らしさを逸脱する危険な行為とみなされた。

4

上に引用した女性による二つの恋愛詩の執筆の間には、約四十年の隔たりがある。社会的・文化的変化のとりわけ激しかったこの間隙の時期に書かれた文学作品の多くに、女性と文筆の関係に関する社会の通念が男性作家のペンを通して表象されている。

一般にルネサンス期のロマンスには、恋愛詩や韻文のラヴレターが多く登場するようになったが、原則的にそれらは男性人物によって書かれるという設定であった。女性が詩作する例として、『アーケイディア』（一五九三）の第二巻で、フィロクリアが自分の性愛と黒いインクの汚れを重ね合わせて詩を書く場面を思い出そう。女性の不貞とインクのしみとの連想は広く行き渡っていた。『フェヴァシャムのアーデン』（一五九二）では、恋人とラヴレターをやりとりするアリス・アーデンは、夫殺しの淫婦である。

概してペンは、そしてとりわけ性愛に関する文筆は、現実の手紙でも、また虚構の文学作品でも、男性の特権的占有物であり、女性はその対象、または書き手にインスピレーションを与えるミューズであるにすぎなかった。このような文化的境界線を越えようとする女性が現われた場合、その結果はメアリ・ロウスに明らかであった。

さて、シェイクスピア劇には百数十通に及ぶ手紙が劇的手法として用いられるが、その大多数は男性人物が書いたという設定になっている。女性と恋愛詩、または韻文（まれには散文）で書かれたラヴレターとの関係は、初期・中期の喜劇において、特殊で重要な演劇的モメントを構成している。この場合も、男装するヒロインの登場する劇に焦点があてられていることは、これらの作品がジェンダーの問題の演劇的集約であると感じさせる。メアリ・ロウスが浴びせられた非難の言葉は「外見は両性具有にして実質は怪物なり」というものであり、この悪口は、ジェンダー観の保守化しつつあったジェイムズ朝社会で、男装する女性にしばしば向けられたのと同じ表現だった。つまり女の文筆が女の男装と同様に、ジェンダー境界の侵犯としてとらえられていたことが推察されるであろう。

男装するヒロインと手紙との関わりは、まず『ヴェローナの二紳士』のジューリアに見られる。ジューリアは恋人プロテュースに何度もラヴレターを書くという設定において、シェイクスピアのロマンティック・コメディーでもまれなヒロインであるといえよう。ただし彼女の書いた文面が舞台上で明らかにされることはないし、また彼女が性的汚点と結び付けられることもない。劇作家は彼女を、もっぱらプロテュースからの恋文の読み手として印象的に劇化している。

ジューリアは、宮廷愛的コンヴェンションに縛られており、侍女ルセッタの手前読みたくないふりを装って、手紙をルセッタに返す。ルセッタがそれをわざと落とすと、ジューリアは破り捨てる。しかし侍女が去った途端、彼女は手紙の破片を拾い集め、それらにキスをし、胸に抱きしめ、プロテュースの名と自分の名とを夢中で重ね合わせる。「こうして二人の名を重ね合わせましょう。さあ、キス、抱擁、口げんか、なんでも好きなようにしてもいいわ」（一幕二場一二九―三〇行）彼女は手紙の文字を、愛しあう男女の肉体と同一視していると考えてもよいだろう。文字と女性の肉体を同一視する例は、『恋の骨折り損』などにも見られる。ビロウンにとって「女の目は本である」（四幕三場三四九行）。また、色の黒いロザラインを、キャサリンは「お習字の本の古体文字のBみたいに黒くて美しい」（五幕二場四二行）と冷やかすのである。

この喜劇のもう一人のヒロインであるシルヴィアと手紙との関係は、ジューリアのそれと比べると、対照的であり、また補完的でもあるといえよう。彼女はヴァレンタインを憎からず思っているが、自ら恋を告げる手紙を書くことなく、彼に命じて、彼女の架空の恋人に宛てると見せかけた手紙を書かせる。シェイクスピア劇の女性人物のなかで、自らペンをとって情熱的なラヴレターを書きそうに思われる者が二、三人いて、シルヴィアはそのひとりであるが、劇作家は彼女らにさえけっしてタブーを犯させない。プロテュースがシューリオのためと称して楽団に演奏させる「シルヴィアはいかなる者」という歌においても、女性は単に男性の恋の表白の対象にすぎない。

シェイクスピア喜劇において、もっとも才長けて行動力に富む二人といえば、ポーシャとロザリンドであろう。ポーシャの課題は、父親の遺言とシャイロックの証文という男性の書き物への対処を中心としており、彼女自身が書く手紙といえば、ベラリオに法服を借りるための事務的な手紙にすぎない。

5

これらに比べ、『お気に召すまま』における女性のライティングの例は、はるかに複雑で興味深い。ティナ・クロンティリスは、「ルネサンス期の英文学において、女性が恋愛詩を書く例は珍しくなかった。シェイクスピアのロザリンドがすぐ頭に浮かぶ」と書いているが、それは思い違いであろう。たしかにオーランドーへの恋にどっぷり浸っている彼女こそいかにも名文のラヴレターをものしそうに思われるが、実はそうではないのである。シェイクスピアは、彼女さえも、オーランドーがアーデンの森の木の枝に掛けて歩くペトラルカ風恋愛詩で賛美される客体にすぎぬ存在に設定している。

意外なことに、女の身で雄弁なラヴレターを書くのは、そしてその文面が具体的に紹介されるのは、羊飼い女のフィービーである。無学な山羊飼い女オードリが、彼女に恋するタッチストーンに、「詩的ってなんのこと?」と訊ねるのと対照的に、フィービーはロマンティックな韻文をものする。

こんなにも娘心を焦がすとは、
あなたは牧童に姿を変えた神さまか。
なにゆえ神の御心ぬぎすてて
女の胸をなぐさみになさるのか。
人の目が私を追いかけ求めても
なんの痛手も受けずにいたのに。

あなたのうつくしき目ににらまれても
かくもはげしき恋心がつのるとすれば、
ああ、もしもやさしき光を帯びれば
私はどういうことになろうやら。
（四幕三場四〇―五三行）

こういう調子でカプレットが続いていくフィービーの韻文のラヴレターは、女性の文筆に対する何重にもアイロニカルな視点で扱われている。ウェンディ・ウォールの分析が示すとおり、この喜劇全篇を通じて見られるジェンダー、欲望、階級の混乱が、この手紙に集約されている。第一に宛先はハンサムな牧童ギャニミードであるが、いうまでもなくその正体は男装した高貴な身分の女である。第二に配達人は、フィービーに恋している羊飼いの青年シルヴィアスであるが、彼はそれが恋敵にあてたラヴレターであるとは知らされていない。第三に手紙を受け取ったロザリンド＝ギャニミードは、それを男が書いた喧嘩を売る手紙だとシルヴィアスに言う。「トルコ人がキリスト教徒に向かうみたいに、僕を馬鹿にしている。こんな鬼のような荒々しい考えは女のやさしい頭から生まれるはずがないよ。エチオピア人みたいな言葉使いだ」（四幕三場三二―

三五行）恋人を裏切り欺いて別の男に心を動かすだけでなく、女だてらにラヴレターを書き、しかも身分をわきまえずに韻文なんぞをものしたフィービーは、下層階級の女としての禁を幾重にも犯したことになる。そこでロザリンドは、手紙のみならずフィービー自身をも、黒いしみ、黒い肌色の異民族になぞらえるのだ。

ヴィーヴェスやトマス・モアをはじめとする人文主義者たちの女性教育推進論は、王族、貴族、そしてせいぜいジェントルウーマンまでを念頭に置いており、しかもその運動は短期間に過ぎなかった。中産階級の少女たちは主として家族や隣人たちから読み方は習ったが、書き方まで習得する例は少なかったらしい。デイヴィッド・クレッシーによる推定では、エリザベス一世の即位当時、男性の無筆率八〇パーセントに対し女性のそれは九五パーセント、そしてピューリタン革命の時期には、七〇パーセント対九〇パーセントとされているが、この数字には修正が加えられるべきだという意見や、算定は不可能だという意見が多い。いずれにせよ、女性の読み書き能力は男性のそれに比べると、かなり低かったと考えてよいだろう。とにかく、フィービーのような羊飼い女は、読み書きとは無縁であったと推測される。

『お気に召すまま』の材源であるトマス・ロッジの『ロザリンド』と比べると、フィービーとラヴレターについては、シェイクスピアの方がはるかに厳しい批判を加えていることがわかる。

ロッジのフィービーは恋わずらいで病床から起き上がれず、彼女を愛しているモンタナスに手紙を託す。彼の方もうすうすフィービーの恋に気づいているが、病気の恋人への忠実を守るために、つらい気持ちを抑えて届けるのである。ところがシェイクスピアのフィービーは、明らかにシルヴィアスを騙して手紙を運ばせる。ロッジのロザリンドは、フィービーのラヴレターを黙って読んでからモンタナスの前で笑い出し、エイリーナに見せた後で、モンタナスにも読ませる。これに対してシェイクスピアのロザリンドは、シルヴィアスと観客の前で、文面を大声で読み上げ、上記のような皮肉なコメントを浴びせかけるのである。さらにいえば、ロッジのフィービーの髪は「羊毛のように白い」とされているが、シェイクスピアのフィービーの眉は「インクのよう」で、髪は真っ黒（三幕五場）という設定になっている。

シェイクスピアが、才長けた高貴なヒロイン、ロザリンドには、ラヴレターを書くという禁を犯させず、フィービーのそれを痛烈に嘲笑させるという筋の運びには、このような文化的コンテクストが存在すると考えられる。

6

『十二夜』では、女性によるライティングの主役は、いうまでもなくマライアである。日ごろから快からず思っているマルヴォリオに、オリヴィア姫から彼宛てと推測させる偽手紙をたくみに作成し、彼に復讐する。劇作家はその文面をマルヴォリオに大声で読み上げさせ、マライアの敵意と機知を印象付けるとはいえ、これは今問題にしている女性のラヴレターとは違う。観客がその苦難に満ちた運命に同情と関心を寄せるヒロイン、ヴァイオラは、男装して小姓シザーリオになりすましている状況下、オリヴィア姫に求愛しているオーシーノー公爵に対する自らの激しい恋を、言葉でも、また手紙でも告げるわけにはいかない。この閉塞的な状況のなかで、ヴァイオラが自らの秘めた思いを架空の妹に託して公爵に語るとき、シェイクスピアは驚くべきせりふを彼女に与えている。

「お前の妹の恋はその後どうなったか」と訊く公爵に、彼女は「ブランクのままでした」（二幕四場一一一行）と答える。ヴァイオラの恋は文字では表白されず、また表白できぬゆえに、インクに汚されていない白紙なのである。このイメージは、処女性を純白の紙またはシーツによって象徴する伝統的なジェンダー観とも関連していると考えられよう。

7

悲劇に目を転じると、女性とライティング、特にラヴレターとの関係は、かなり陰惨な印象を与える。『リア王』では実に多くの手紙が行きかうが、もっとも悪意に満ちた積極的な書き手はエドマンドとゴネリルである。ゴネリルはリーガンにリア王一行を冷遇するよう書き送る。道ならぬ恋の手紙をエドマンド宛てに書くのもゴネリルであり、有徳の夫の殺害を示唆する大胆な文面はエドガーによって舞台上で読み上げられる。他方、リアの窮状を知ったコーディリアが、彼を救うべくフランスからケントに手紙を送る。足枷に掛けられたケントがそれを読む場面、そしてケントからの手紙をコーディリアが読んで涙を流す場面、これらはいずれも印象的だが、この悲劇におけるほとんどすべての手紙が、不幸な、または残酷な成り行きに結びつくことは注目に値する。

マクベス夫人が夢遊病で徘徊する様子を、侍女は次のように語る。

お床からお離れになり、お部屋着をお掛けになって、押入れをお開けになり、紙をお出しになってそれをお折りになり、何やらお書きになって、それをお読みになり、封をなさって、またお床にお帰りになります。それでいてその間じゅう、すっかりお眠りなのです。

（五幕一場四―八行）

夫人のこの行動を良心の呵責と結び付けて解釈するのはF・キーファー、また近代初期英国で字を書く女性が魔術や犯罪と結び付けられた風潮と関連づけるのはF・E・ドランである。

しかし女のライティングがもっとも凄惨なイメージとして用いられるのは、『タイタス・アンドロニカス』（四幕一場）においてである。強姦され両手と舌を切り取られ、犯人の名前さえ父に告げることのできぬラヴィニアは、フィロメラの古話を本のなかに指し示し、棒切れを口にくわえ、砂の上に敵の名を書く。

8

このように喜劇と悲劇を通して、シェイクスピアの女性人物が書く手紙を大まかに分類すれば、事務的連絡の手紙（ポーシャ）、人を欺き笑うための手紙（マライア、ペイジ夫人とフォード夫人）、嘲笑の種となる見当違いのラヴレター（フィービー）、または悲劇的結末と結びつく手紙（コーディリア、マクベス夫人）などである。前述のように、総じて男性人物に比べて手紙を書く例は少ない。その中で、自分の感情を率直に表現する恋愛詩またはラヴレターを書く女性人物として目立つのは、ただひとりクレオパトラである。

クレオパトラはアントニーの不在中、周囲の者を驚かせ呆れさせるほど、毎日頻々と使者に手紙を持たせる。それらの文面は舞台では読み上げられないが、アントニーの死後、彼を偲んで賛美する印象的な詩を、劇作家は彼女に言わせている。

その方のお顔は大空のようだった。太陽と月がかかって
それが軌道をめぐり、小さな円い地球を
照らし出していた。……
彼の両脚は大海原をまたぎ、上げた腕は
世界の冠となっていた。……
……彼の恵みには冬はなく、
収穫の秋さながら、刈り取れば
刈り取るほど豊かに実った。……

（五幕二場七九―八八行）（小津次郎訳）

これこそ、女性の真のラヴレターでなくて何であろう。シェイクスピアはこの素晴らしい恋愛詩を色の黒いエジプト女王に言わせた。だが彼は彼女にさえ、これを文字で書きとめることはさせなかった。この時から約十年後、メアリ・ロウスはパンフィリア女王に女性の情念の発露としての恋の詩を書かせた。そしてそれは、シェイクスピアの死後のことであった。

第九章　女性の英文学史に向けて
——十六—十七世紀を中心に考える——

1

私はかつていくつかの勤務校で二十年以上にわたり英文学史の授業を担当し、三種類の教科書を使用した。いずれの教科書でも最初の本格的女性作家はジェイン・オースティンとされ、ブロンテ姉妹、ジョージ・エリオット、ヴァージニア・ウルフら数人の小説家について概説し、現代ではマーガレット・ドラブルやドリス・レッシングを挙げる程度。詩人としてはエリザベス・ブラウニングとクリスティナ・ロセッティくらい。オースティンの先駆者としては、わずかにアフラ・ベーン、ファニー・バーニー、マライア・エッジワースの名に遠慮がちに触れるにすぎない。実際問題として考えるなら、一─二年間で膨大な英文学の歴史を教える場合、正典《キャノン》の位置が定まっている男性文人たちの間を縫って、彼女らの名前と代表作の題名に触れるだけで精一杯であった。

しかしフェミニズム批評から刺激を受け、女性がものを書くことの意味を考えるにつれ、英文学史の授業はこれでよいのかという不安につきまとわれずにはいられない。結局それを補う手段として、別の科目で女性文学を講じるのだが、そこで取り上げるのも、いまやすでにキャノンに仲間入りしている有名女性作家数人に限られることになる。

この問題に関する根本的視点として、英文学史とフェミニズム批評について考えてみたい。V・ウルフはかって評論『私だけの部屋』の中で、ルネサンス期の女性の文学作品が大英博物館に見当たらないと嘆いた。そしてこれが長い間われわれの既成概念になっていたといえよう。

一九七〇年代に盛んになった英米のフェミニズム批評は、エレン・モアズ、エレイン・ショーウォルター、サンドラ・ギルバートとスーザン・グーバーらによるすぐれた評論を生み、女性文学の研究に大きな影響を与えた。その後一九八六年にデイル・スペンダーの評論『小説の母たち』が出てわれわれを驚かせた。オースティン以前に一〇〇名以上のすぐれた女性作家が活躍していたが、イギリス小説の真の創始者ともいうべき彼女らの名前や業績が、その後英文学史から抹殺されてしまったことを指摘したのである。しかしこれらはいずれも、十八世紀以降、特に十九世紀の女性小説を主たる対象とする研究である。これまたわれわれのもう一つの既成概念——小説という新興のジャンルこそが、遅れてものを書きはじめた女性の参入しやすい、そして女性にふさわしい分野だった、という考え方——と関係があるだろう。このような傾向が、従来の英文学史における女性の扱い方に影響を与えていると考えられる。

2

ところが英米両国において、フェミニズム的視点に立つ英文学研究に画期的な新しい動きが生まれたのは、一九八〇年代、特にその後半になってからである。具体的には、今まで失われ、あるいは無視されてきた女性のテキストの再発見や回復、そして英文学史を見直すという動き、英語で言うなら「リ＝ディスカヴァリ」、「リカヴァリ」、「リ＝ヴィジョン」というように、「リ(re-)」ずくめの活動なのだ。

例を挙げよう。一九八五年ごろから、従来英文学史にまったく登場しなかった近代初期の女性文人まで含めたアンソロジーや研究書が、フェミニストの研究者によって続々と出版されはじめた。一九八五年にはモイラ・ファーガソン編の『最初のフェミニストたち』、ギルバートとグーバー共編の『ノートン女性文学アンソロジー』の二冊が皮切りとなった。十七世紀関係に絞るなら、ジャーメイン・グリーア他編の『鞭にキスする』、ベティ・トラヴィッキー編の『女の楽園』が、一九八八—八九年に相次いで出た。

このうちすさまじい題名をもつ前者は、十七世紀のイギリス女性が家父長制の桎梏のもと男性権力による折檻の鞭に従順に従いながら、その蔭でいかにさまざまのすぐれた詩を不屈の努力で書いていたかを示すもので、古い一次資料を掘り起こして、四十五名の作品を収録している。後者は、ルネサンス期女性の詩だけではなく散文も含め、手紙、日記、子供への助言書、宗教的瞑想録、伝記など生活に密着した諸ジャンルにわたって収録し、女性の文学の多様性とエネルギーを示す。われわれはこれらを読むとき、従来の英文学史がほとんどまったく無視、あるいは葬り去ってきた近代初期の女性のテキストを発掘し、評価し直す試みに今後ますます取り組むべきであると考えずにはいられない。

ここで問うべき問題の第一は、十七世紀にはウルフの知らなかった女性詩人が何人くらいいて、どんな作品をどれくらい書き、出版していたか。第二は、当時高く評価されていた彼女らの作品がその後英文学史のキャノンから消えていった原因は何かということだ。パトリシア・クローフォード作成のチェックリストによると、十七世紀の詩だけではなく全出版物にわたり、名前がわかっているだけでも二百五十人以上の女性著者と六百五十以上の初版出版物があり、うち文学作品は約七十という数がわかる。これらの多くは清教徒革命時、またはそれ以降のものである。またデイヴィスとジョイス共編の書誌によると、十七世紀に詩を出版したイギリス女性は三十名、その出版数は五十四である。これらの数学の厳密な特定はたいへん難しく、今後研究が進むにつれてかなり増加すると思われる。

当時の女性は、次のような不利な条件の中でペンを取っていた。第一は、一般に女性の教育程度が低く字が書ける女性が少なかったゆえに、女性は古典を中心とする文学の伝統からは遠く距らざるをえなかった。第二に、「貞節」「沈黙」「従順」が女性の守るべき三大美徳とされていた時代に、ものを書き、ましてや出版して世間に名を顕わす行為は、これらの美徳への反逆、あるいは男性領域への侵犯として罪悪視された。それゆえ、すぐれた才能をもつ女性でも自ら無名に甘んじたのである。第三は女性に許可される文筆の範囲が狭溢で、翻訳をはじめ宗教または家庭的主題の執筆に限られていた。第四に出版関係者も批評家も（いうまでもないが、後世のアンソロジーや文学史の編者も）男性に占められ、女性の文筆への抑圧や介入や無視の例が多々あった。さらに加えて、十七世紀初期には、男女を問わず、作品を出版せずに手稿のまま親しい人たちに回覧する場合が多く、特に女性にはその傾向が強かった。手稿のまま保存されているものを含めれば、女性の作品数はさらに増加することになる。また女性の出版の場合、匿名や偽名であったり、夫の名前を付したり、実は男性が書いたのではないかと疑われる例もあった。

ウルフがもしも近年のフェミニズム批評の動向を知っていたら、あるいはアンソロジーや英文学史の教材類が一九八〇年代の研究成果を踏まえて編集されていたら、もう少し違った結果になったであろうが、以上のような経緯で、多くの女性文人の名前や作品が消えたり忘れ去られていったと考えられる。

3

現在明らかにされつつある十六―十七世紀イギリスの女性文人の数は前述の通りだが、そのうち英文学史に名を残してしかるべきと思われる数人に触れることにしよう。かなりの量の宗教関係の翻訳、創作詩、書簡、演説文を残したエリザベス一世は別格として、当時の女性文人の多くが、人文主義教育の恩恵を受けた貴族・上流階級に集中していたことは異とするに足りない。上流出身の二人のメアリ・シドニーについては後述するが、ここでは出自が中産階級であるゆえに執筆・出版の苦労はひとしお大きかったと思われる四名をとり上げる。

イザベラ・ホイットニー（活躍期一五六七―七三）は小ジェントリ階級出身で、やや断片的ながら世俗的テーマを扱ったごく初期の女性詩人である。ある大家の使用人として働きながら自学自習で学識を身につけた。働く妹たちへの助言、ロンドンの町並みへの愛着など、現代にも通じる題材をいきいきとうたった詩集『甘美な花束』にはユニークな魅力が溢れている。

十六世紀の識者たちは、女性がロマンス物語を読むことを異口同音に非難した。ロマンスは恋愛を主題とするゆえに、女性は誘惑に陥りやすいというのである。マーガレット・タイラー（?―一五九五、活躍期一五七八）もさる貴族の使用人だったと推定されるが、スペイン語に堪能で、禁断のロマンス、長大な『高貴な功業と騎士道の鏡』を訳出し出版までした。筋立ては一見月並みであるが、特に女性に関してスペイン文学のリベラルな視点に立ち、父権の強制による政略結婚への反抗、性道徳の二重標準への批判を展開する。これに付した「読者への手紙」の中で、彼女は世俗的主題についても女が書くことの権利をはっきりと主張した。現存する近代初期イングランドの女性の書き物の中で、この一文はもっとも早い時期に、女性がペンをとる権利を主張した画期的なものといえる。

エミリア・ラニア（一五六九—一六四五）は中流のロンドン市民という点で、ホイットニーと通じる女性詩人。イタリア人の宮廷音楽師を父とし、数奇な生涯の中で学識を身につけ、生計のために『ユダア人の王なる神万歳』を出版。これは女性中心の視点からキリストの物語を書き直した大胆なフェミニスト詩といえる。

次に、女性の文筆が翻訳や生活寸描、また宗教的主題を離れ、本格的な「創作」に結実した一例を挙げる。時代は少し降ってジェイムズ一世の治世。家父長権による抑圧の中でカトリック信仰を貫き、十六—十七世紀イングランドの書く女たちの苦難を一身に背負ったエリザベス・ケアリ（一五八五ごろ—一六三九）。中産階級の法律家の娘に生まれ、年長の軍人（のち子爵）との政略による不幸な結婚生活、カトリックへの改宗ゆえに夫らから加えられた社会的・財政的圧力にもかかわらず、自己の精神的支柱として文筆に励んだ。十八歳の時に書かれた『マリアムの悲劇』はイギリス女性による現存の最初の本格的な詩劇（書斎劇）である。ヘロデの物語を男性権力者による「暴政」という主題に絞って女性の視点から見直したもので、作者と夫との関係が投影されているらしく、女性の愛憎心理の葛藤が詳細かつ具体的に表現されている。

これらの文人が、女性であるがゆえに蒙った読書や勉学への束縛、執筆・出版への抑圧にもかかわらず、それぞれ後世に残るべき作品を生み出したことは驚嘆に値する。

4

次に二人の同名の上流女性詩人を比較対照しつつ扱うことにする。前者はエリザベス一世時代の貴族夫人として男性詩人らの讃美の的とされ、男性の権威のかげでのびのびと才能を発揮した。後者はジェイムズ一世時代に、大胆な私生活と創作活動を通して、男性権力と正面から対峙した。二人のメアリ・シドニーは伯母と姪の間柄にあり、ともにルネサンス期英国の女性文人の中でひときわ目立つ存在だが、個性・経歴・作品はまことに対照的であった。

伯母のメアリ（一五六一―一六二一）は十六世紀英国で宮廷人・軍人・文人の華とうたわれたサー・フィリップ・シドニーの妹で、第二代ペンブルック伯ヘンリ・ハーバートの夫人であった。姪メアリ（一五八六ごろ―一六五一）は、前者の弟ロバートの娘。才媛の誉れ高い伯母にちなんで名づけられ、のちサー・ロバート・ロウスの妻となった。便宜上、結婚後の姓の頭文字により、前者をH、後者をWと呼ぼう。

Hは十五歳の若さで二十五歳年長の夫の三人目の妻となったが、結婚前二年間エリザベス女王の女官として宮廷に勤め、以後も女王の厚い信頼を得ていた。結婚後はウィルトシャーのウィルトン・ハウスの女主人として四人の子を生み育てつつ、ここを文人たちの拠点として一種のサロンを形成し、文芸の保護者として活発に活動した。一五八〇年、フィリップが女王の勘気に触れ宮廷から一時退いてここに滞在中、妹の勧めで散文物語『ペンブルック伯夫人のアーケイディア』を執筆し、彼女に献呈したことはあまりにも有名である。

Hの父はウェールズ辺境領主、のちのアイルランド総督のサー・ヘンリ・シドニー、母は一段上の名門ダドリ家出身だった。シドニー＝ダドリ一門は、新教国英国の政治・外交・文化の担い手として、まさに華麗なる一族だった。とりわけフィリップは大陸の新教主義を強く支援し、カトリシズムの勢力を阻止するため対スペイン戦に志願、一五八六年三十二歳の若さで戦死した。重傷の彼がかたわらの瀕死の敵兵に水を譲った話は、広く語り伝えられている。彼は英国のみならず大陸でも、新教の殉教者として神格化されていった。

一五八六年はHにとって衝撃的な年となった。二年前三歳の娘を亡くしたばかりの彼女はこの年父、母、兄を相次いで失ったのだ。兄の生前は彼のミューズ、パトロン、読者だったHが、自ら主体としてペンをとったのは彼の死後である。現存の自作詩はごく少なく、主な活動は兄の遺作の補筆、改訂、編集のほか、フランスやイタリアの文人による「死」をテーマとする著作の翻文訳であった。十六世紀英国の最大の女性詩人の一人とされるHの代表的な仕事は、フィリップが四十三番まで訳して未完のうちに死去した旧約聖書「詩篇」の韻文訳の遺業を継承完成したことである。四十四番から百五十番までを担当したHの訳業は、質量ともに兄のそれを凌駕すると評価されている。

前述のように、女性に「貞節」「沈黙」「従順」を強く要求する当時の文化の中で、教育レベルの高い貴族・上流の女にとってさえ、許容される文筆の範囲は書簡、日記、翻訳、献辞、弔文の類、主題は「宗教」か「家庭」に限られていた。内外の男性文人の蔭に隠れ、彼らの著作の翻訳・紹介を主としたHは、当時のジェンダー・イデオロギーに一見きわめて従順であり、独創性に乏しいとして、かっては軽視される傾向もあった。だがフェミニズム批評の高まりとともに、Hの韻文訳『アントニーの悲劇』のクレオパトラ、『死の勝利』のラウラなど、愛と貞節を守りぬき死に立ち向かう女人像のストイックな雄々しさ、特にフランス語、イタリア語の原典よりはるかに女性人物を前景化するその手法が注目されるに至った。

Hの長男は、シェイクスピアのパトロンかと推測される第三代ペンブルック伯ウィリアム・ハーバート。彼は教養豊かな政治家・文人であるが、恋多き男としても有名だった。女官メアリ・フィットンとの情事により女王の怒りを買い、また妻のある身で従妹Wとも情を通じ、二人の庶子を彼女に生ませた。Hはこの息子と姪Wとの恋愛に理解を示し，晩年子らの保護に心を砕いたといわれている。

ここで話をWに移そう。Wの夫は教養のない粗野な男で、彼女の心には染まぬ男だったらしい。彼はエセックスの大地主で、狩猟好きのジェイムズ一世に猟場を提供して重用された。W自身は、仮面劇好きのアン王妃の寵愛を得て、王妃や他の女官とともにたびたび宮廷での仮面劇上演に参加し、華やかな存在であった。Wは伯母と同じように、多くの文人のパトロンとして、その詩才と淑徳を賛美されていた。だが彼女が二十八歳ごろのこと、夫は莫大な借金と生まれたての息子を残して死に、二年後には息子も他界した。Wは財政逼迫の中、従兄への不倫の愛を貫き、さらに彼の二人の庶子の出産が原因で王妃の寵を失い、宮廷から遠ざけられた。対照的にハーバートの方は、男性の特権として、このスキャンダルからほとんど何の痛手も受けなかった。

引退後のWはもっぱら文筆に力を注いだ。そして一六二一年、伯父フィリップの『ペンブルック伯夫人のアーケイディア』を踏まえて長大な散文ロマンス『モントゴメリ伯夫人のユーレイニア』の第一部が出版された。この作品と合本で出版された彼女の連作ソネット集『パンフィリアからアンフィランサスへ』の題は、やはり伯父のソネット集『アストロフェルとステラ』を踏まえ、それを女性主体の内容と題に変えたものであった。のちにWはこれまた伯父に倣った牧歌劇を、伯母Hによるペトラルカの翻訳『死の勝利』の題からヒントを得た『愛の勝利』と題して執筆。散文ロマンス、連作ソネット集、牧歌劇――この三ジャンルがすべて女性にはタブーとされていた時代に、一人の女がなしたこの壮挙は、社会慣習と文学伝統に対する驚くべき挑戦であったといえよう。これは、ジェイムズ一世治下、ますます父権制の桎梏が強化されていく英国で、文筆による女性の発言が次第に過激な色彩を強めていく過程のひとこまであった。

ところで『ユーレイニア』は当時流行の実話小説《ロマン・ア・クレ》の一種で、作中人物の原型として作者周辺の宮廷人らが風刺されて見え隠れしていた。自分が標的にされたと考えた一人が強い抗議をWに浴びせ、彼女は出版半年後に第一部を回収せざるをえなくなり、第二部は原稿のままに残され、ようやく最近、一九九九年に出版された。抗議者はW宛ての書簡で、彼女を「両性具有の怪物」と罵倒した。この言葉には、ペンをとる女性をジェンダー境界の侵犯者とする固定観念が見てとれる。次いで彼は「みだらな物語に費やされた時間を取り戻すには、徳高く博学な伯母上のように信心深い書物を書け」と書き送った。実はHは宗教・世俗両分野の訳業で知られているのに、彼はわざとその世俗面を無視して、Hの文筆活動の「女らしい」面だけを賞揚したのだった。

伯父フィリップの『アーケイディア』では名のみの存在だったユーレイニアを重要人物の一人

として登場させ、パンフィリアを恋する女、苦悩する女、書く女として主体化したこの物語は、シドニー家の文筆の継承者としての自負をもつWが、社会と文学の慣習に女性の視点から挑んだ成果といえるであろう。

Hの「詩篇」完成からWの『ユーレイニア』出版までの約二十年間、英国における女性の状況は明らかに変化しつつあった。一六〇三年、エリザベス女王のあとを受けてジェイムズ一世が即位。一六一七年、あるミソジニストによる女性攻撃論に数人の女性がそれぞれ女性擁護論パンフレットを出版して激しく応酬。次第に、貴族・上流以外の女たちもペンをとるようになった。ロンドンの路上を男装して闊歩する女たちに、ジェイムズ一世が取締令を発したのが一六二〇年だった。

Hは死の渕に瀕し、対照的にWは生と性の泥沼の中から、文筆に取り組んだ。Wの女性人物たちは、父権による抑圧、男の不実や性道徳の二重標準に苦しみながらも、Hの女主人公クレオパトラとは違い、自ら死を選ぶことなく生き抜いていく。それは、孤独と窮乏をエネルギーの糧にして宮廷の虚偽を暴く作品を書き、人生と文学の両面で父権制的イデオロギーに挑戦したWの生き方に通じていた。

Wの庶出の娘キャサリンは、Hが亡くした幼い愛娘と同名であった。一説によれば、このキャサリンが、十七世紀後半に大胆な作風で文壇を騒がせた女性劇作家アフラ・ベーンの母にあたる、とのこと。

こうして十六―十七世紀に、女の限界の枠内と枠外でペンをとった二人のメアリ・シドニーは、英国女性文学の系譜にそれぞれ重要な足跡を印したのであった。

5

以上は一九八〇年代後半以降に再発見され、現在再評価されつつある女性文人たちの素描であるが、中でも熱い注目を浴びてきたメアリ・ロウスの長大なロマンス『ユーレイニア』第二部にいたっては、手稿のままニューベリ図書館に保存されていたのが、前述のように、なんと三百八十年後の一九九九年に初めて出版されたのである。

ところでこうして発掘された女性の重要なテキストを、従来の英文学史に組み込めば問題は解決されるであろうか。いや、ことはそれほど簡単ではない。

さしあたり問題にすべきは、女性文学のジャンル、キャノン、伝統の三点であろう。この三つは互いに関連し合い、英文学史の基本となる作品評価の基準や、アンソロジーの編集方針を生み出す。

そもそも国家的アイデンティティの一環としての英文学史の成立は十九世紀であった。植民地帝国として発展の一途をたどるイギリスでは、文学作品にも男性的活力、雄々しさ、威厳の表現が尊重され、シェイクスピアやミルトンらが国民詩人としてもてはやされた。他方、女性の作品には、一般に女らしさが求められるが、女らしさの観念は時代の女性観、ジェンダー・イデオロギーによって左右されざるをえない。

各時代の代表的アンソロジーや英文学史入門書における女性文人の収録数と位置づけを見ると、キャノンとはきわめて恣意的に形成されていくものであることがわかる。マーガレット・イーゼルが『女性の文学史を書く』において指摘するように、かつては「家庭性」や「つつましさ」を特徴とする女性のテキストが尊重されたのに対し、二十世紀には「社会への挑戦的態度」が注目されるに至った。つまりキャノンとはある程度相対的なものなのだ。女性のテキストへの注目の増加は時代の流れといえるだろうが、例えば『ノートン英文学アンソロジー』（M・H・エイブラム編）の各版を比較すると、第一版（一九六二）では六名にすぎなかった女性詩人が第六版（一九九三）で三十九名となり、第七版（二〇〇〇）ではグリーンブラットが共編者として加わることによってさらに飛躍的に六十名まで増えている。

特に近代初期イングランドの女性の文筆活動については、十九世紀女性文学に対するのと同じ批評態度で臨むのは危険だということがわかる。当時は「小説」というジャンルはまだ発生しておらず、女性のテキストにも「女性性」「女性的表現」という類の枠組みには納まらぬ流動性、多様性が見られた。また男女ともに匿名、回覧の慣習、手稿文化の社会性に依存する例が多かった。したがって、例えばギルバートとグーバー共編の『ノートン女性文学アンソロジー』に見られるような、創作、特に小説優先の姿勢には疑問を感じざるをえない。またショーウォルターのいわゆる女性文学の「進化」の三段階――「フェミニン」「フィーメイル」「フェミニスト」――や性別隠蔽のための筆名使用という考え方も、昔の女性作家を考える場合には当を得ないことがある。

また女性文学の「伝統」確立を目ざすあまり、生得の「女らしさ」を重視することも好ましくない。女性文学へのアプローチはあくまで「ジェンダー」を基軸とすべきであろう。

女性の文学には、前述のようにさまざまの異なる要素があり、例えば十六―十七世紀には日記や雑録のようにフィクションの領域に含まれぬものや、メアリ・ロウスのように男性の領域に挑戦した例もある。十八世紀には、いわゆる女性的ではない反奴隷制度の政治詩、女性教育の必要を説く哲学詩などもあるから、「進化」の観念で跡づけることは困難であり、女性の文筆とジャンルの関係も再考せねばならなくなる。

織田元子の『フェミニズム批評——理論化をめざして』における言葉を借りるなら、「昔の女性作家の再評価は、まず、同時代の文壇においてどういう意味があったか、それから今日の目で歴史的に見て、それはどのように位置づけられるか、というような相対的な評価方法をとらねばならない」。

現段階では、女性文学のキャノン形成は尚早ではなかろうか。英文学史の構築は一種の政治的行為であるという認識をもって、さまざまの種類の女性のテキストをより多く発掘し、時代とジャンルを超えた視点から、広く女性文学と英文学史との関係を考えることが必要と思われる。

第十章　女たちのイギリス文学

1

まず、二十世紀前半にロンドンで活躍した天才的な女性小説家ヴァージニア・ウルフから話を始めましょう。彼女は十九世紀の外面的リアリズム志向の文学を批判して、人間の内面の「意識の流れ」を追求する新しい傾向の文学を切り拓いた人で、代表作として『ダロウェイ夫人』や『灯台へ』などが有名です。しかし今日とりあげるのは彼女の評論です。特に『私だけの部屋』（一九二九）は、あとでお話する二十世紀後半のフェミニストらの評論とは違い、自らが作家であるウルフが、読者と創作者と批評家を一身に兼ね備えた批評、理論的というよりは直観や想像力に富む独自の批評の成果といえるでしょう。一九七〇年ごろに盛んになったフェミニズム文学批評より約半世紀も前に書かれたこの評論は、驚くべき先見の明に富んでいます。たびたび引用されてきたその三つの論点を取り上げてみましょう。

最初の論点。ウルフは名門大学を訪問し、そこで女性であるがゆえの屈辱的な入場禁止を経験します。次に大英博物館を訪ねた際、イギリスのルネサンスの頂点であったエリザベス朝時代の女性の書き物が、そこの図書室に全然見当たらないことを不思議に思います。彼女は「男なら二人に一人が詩歌をつくることができたであろう時代に、女性は誰一人としてあのすぐれた文学を一字も書いていないのはなぜだろうか」と問いかけ、「女性は自伝を書かないし、日記もめったにつけない。ほんの一握りの手紙が現存するだけだ」と嘆きます。

こうしてウルフの空想は十六世紀へと遡り、「もしもウィリアム・シェイクスピアに、素晴らしい文学的天分と進取の気性に富む妹がいたら、どうなっただろうか」というあの有名なエピソードを生み出すのです．ウルフは空想上のその妹にジューディスという名前までつけます。ジューディスは女の子であるという理由で、兄とは違って学校に入れてもらえないでしょう。また年頃になると親が押しつける結婚を嫌って家出をし、故郷ストラットフォード・アポン・エイヴォンからロンドンに向かうでありましょう。兄に似て芝居好きの彼女はロンドンの劇場の楽屋口で芝居をさせてくれるよう頼みますが、男たちは「女が芝居をだって？」と嘲笑するばかりです。こうして彼女は学校教育のみならず、職業上の訓練を受けるチャンスも与えられません。それでも諦めずに劇団に通い詰めるうち、役者兼座元の男が情けをかけ、ついに彼女は彼の子をお腹に宿してしまいます。彼女は何一つ演じず、また何一つ書かぬうちに絶望して自殺し、十字路に埋められ、罰として通行人に踏みつけられるという結果になります。

同じ家にきょうだいとして生まれ、同様の才能と気象に恵まれながら、女であるというだけでこのような惨めな人生を送り、惨めな死を遂げねばならない。才能ある女性が十六世紀のロンドンで自由に生きようとすれば、たとえ幸運にも生き長らえたとしても、彼女の書いたものは、怒りや恨み、緊張した病的な想像力から生まれるゆえに、ねじれたいびつなものにならざるをえないだろう、また当時の女性の作品は多分作者の名を隠して出されたであろう、とウルフは想像します。何しろ十九世紀になってからさえも、作者が女性であることを世間に隠すため、男性らしきペンネームを使用した例は、カラ・ベル（シャーロット・ブロンテ）、エリス・ベル（エミリ・ブロンテ）、ジョージ・エリオット、フランスのジョルジュ・サンドなどに見られますし、二十世紀のウルフ自身でさえ——大変知的な環境に恵まれた超エリートともいうべきウルフでさえ——兄たちと違って大学教育を受けられず、しかも稀に見るほど献身的な夫の助けがなければ、多分あのような執筆・出版活動は不可能であったでしょう。彼女は子供をもたず、家事は召使いに任せていたのですが……。ウルフの第二の論点。当時も、またそれ以後も、女性は家事、出産、育児の負担を背負い、友人との交流や旅行などで見聞を広める機会を与えられず、お金を稼ぐことも許されませんでした。そのような女性が自由な精神をもって生き、ものを書くために、最低限必要な二つの条件をウルフは挙げるのです。一つは一年に五〇〇ポンドの収入。もう一つは鍵のかかる自分だけの部屋。前者が経済的自立を、後者が精神の独立と自由を象徴することはいうまでもありません。

ところでウルフの第三の論点はイギリス文学史に関することとです。ウルフは過去の書く女たちの実例を見渡して、「私だけの部屋」など持たなくても怒ったり恨んだりもせず、また、何の精神のねじれや歪みも持たずに、シェイクスピアと同じように自由な心で書いた稀有な女性がいることに気づきます。それは十九世紀初期のジェイン・オースティンであったのです。そしてオースティンという一人の天才が生まれ出るためには、彼女以前にまたは彼女のまわりに、多くの無名の女たちが競ってペンをとっていたという状況が必要であったのだ、と断言するのです。

ウルフはさらにずっと時代を遡って、十七世紀の三人の女性文人の名を挙げます。一人はウィンチルシー伯爵夫人アン・フィンチ、次はニューカッスル公爵夫人マーガレット・キャヴェンディッシュ。この二人は貴族の夫人ですが、もう一人は中産階級出身のアフラ・ベーンです。いずれも、ピューリタン革命という社会的動乱の中で目ざめた多くの女たちが筆をとりはじめた十七世紀後半に属する人たちです。ウィンチルシー伯爵夫人はすぐれた詩の才能の持主でしたが、社会や家庭における女性の不利な立場について、憤りの気持ちをなまで吐露した詩を書き残しています。ニューカッスル公爵夫人は、系統だった教育は一切受けず、気ままな読書と空想の中で育ち、王党派の夫と共に革命を避けて外国に亡命したりしながら、名声を夢見て膨大な作品を書き続けました。それらは詩、劇、物語、論説などあらゆる文学ジャンルにまたがり、中には自然科学や哲学の領域に関するものもあります。彼女は「自分は女であるゆえに古典の知識は乏しいが、男性の大作家たちが古典の模倣をしているのと違い、自分自身の頭脳から作品を生み出したのである」と自慢し、世間からもてはやされることを熱望し、挙句の果ては狂人扱いさえされました。

この二人と違って生計のために筆をとったのは、中産階級出身のアフラ・ベーンです。夫の死後、自活のために多くの劇や物語を書き、イギリスにおけるプロの女性作家第一号といえるでしょう。十七世紀後半のベーンに続き、十八世紀にかけて数え切れないほどの一般女性が翻訳や小説執筆に携り、オースティンの先駆者となります。ウルフは、「中産階級の女性がペンをとったことは、十字軍やバラ戦争に必敵する歴史上の大事件であった」、そして「ペンをとるすべての女性は、先輩アフラ・ベーンの墓に花を撒いて敬意を表するべきである」と書いています。

ウルフのこのような考えには、女性とイギリス文学に関する重要な論点のいくつかが含まれております。

2

ここで話題を変えましょう。女たちとイギリス文学との関わりについては、二つに分けて考える必要があります。第一は「読者としての女たち」で、イギリス文学の作品を女たちがどのように読んできたかを問題にするものです。第二は「書き手としての女たち」で、女たちがどのような文学作品を書いてきたかを問題といたします。いうまでもなくこの二つは互いに絡み合う場合が多く、例えばウルフの評論は、書き手である彼女自身がいかに過去の女性の書き物を読んできたかというように両面を結合しています。女が読むことと女が書くこと——この二つの視点に基づいてお話しますが、それにはどうしても英米両国におけるフェミニズム批評との関係に触れる必要があるでしょう。

英米のフェミニズム文学批評は、一九六〇年代のアメリカで多くの女性を巻き込んだウーマン・リブ運動の刺激を受けて生まれました。この運動の指導者ベティ・フリーダンは、一九六三年出版の『女らしさの神話』という著書の中で、社会が女に与えてきたイメージと現実の女の生活との間には大きな距りがあるが、女たちは女らしさのイメージに縛られて家庭に閉じこもり、女としてのアイデンティティを失い、欲求不満や挫折感に悩まされていると論じました。

次いで一九七〇年にはケイト・ミレットの評論『性の政治学』が出て、女たちの運動に理論的根拠を与えました。彼女は男と女の関係は政治と同様、男による支配と女の従属の関係であるとして、諸科学から文学に至るまであらゆる側面から父権制社会における女性の位置を分析しました。そして文学の章では、イギリスのD・H・ロレンス、アメリカのヘンリ・ミラー、ノーマン・メイラーという三人の男性の作品における女性に対する抑圧の構図を槍玉にあげたのです。

このような新しい女性の読みが現われるまで、女たちは大家とされる男性文人の作品を、男性と同じ読み方で読んできました。伝統的に正しいとされてきた「公正」「客観的」な読みとは、男性によって教え込まれた男性中心の読みであったという発見は、女たちにとって衝撃的でした。『性の政治学』によって代表される初期のフェミニズム批評は、文学作品もまた政治と同様イデオロギーの産物であるという認識のもとに、男性のつくり出した女性像の虚偽を批判し、女性嫌悪的な文学の実践を暴露することに集中したのです。

次いでフェミニズム批評は、女性が書き手としていかに活躍してきたかに注目しました。フェミニズムの立場から女性が書くことを規定した最初の注目すべき評論は、パトリシア・メイヤー・スパックスの『女性の想像力』（一九七五）とエレン・モアズの『女性と文学《リテラリ・ウィメン》』（一九七六）ですが、その後エレイン・ショーウォルターの『女性自身の文学』（一九七七）、サンドラ・ギルバートとスーザン・グーバー共著の『屋根裏の狂女』（一九七九）などが相次いで出版されました。これらは主に十九世紀の女性小説家を対象として考察し、彼女らが女性特有の感性をもって、女性のことばや文体やイメージを通して、いかに女性の文学を作り出したかを追究しました。ショーウォルターは、ジェイン・オースティンやブロンテ姉妹、ジョージ・エリオットら、英文学史上正典《キャノン》の仲間入りをしている十九世紀の女性作家の名声のかげに、当時いかに多くの無名の女性が小説を書いていたかに注目しました。

これらの批評活動を受け継いで時代をさらに遡り、十八世紀の女性文学に光を当てたのはオーストラリアのフェミニスト、デイル・スペンダーの『小説の母たち』（一九八六）です。英文学史上最初の本格的女性小説家とされてきたオースティンよりも前に、一〇〇名以上の女性小説家が活躍していたが、その後彼女らの存在は、男性の批評家や文学史家によって抹殺され消え去ってしまったことを証明したのです。スペンダーは、イギリス小説の真の始祖はデフォーやリチャードソンではなく、これら多数の女性小説家であったと主張しました。ここに至って私たちは、「女性と文学史」との関係を見直さねばならぬことに気づきます。

ところでこのように七〇年代、八〇年代のフェミニズム批評が揃って女性の小説家を主な対象としているのはなぜでしょうか。代表的な理由を四つ挙げましょう。第一。イギリス文学に限らずあらゆる国の文学において、小説は詩や劇よりもはるかに遅く生まれた新しいジャンルですから、男性より遅れて筆をとった女性でも参入しやすいと考えられている。第二。小説は詩に比べると、現実の人生に密着した題材を扱う場合が多いので、生活範囲の狭い女性にとっても、日常生活の観察を通して取り組みやすい。第三。詩を書くのに必要な白熱した想像力の集中に比べると、家事の合間に少しずつ書き継いでいくことが可能な小説は、女性に向いているといえよう。ここに「女性と文学ジャンル」の問題が浮かびあがってきます。第四。イギリス小説の発展は、産業の発展や女性教育の向上の時期と一致し、女性の書き手と女性の読者が画期的に増えた。こうして現在に至るまでイギリス文学において女性小説家は男性にひけをとらぬ活躍を続けてきたのです。

『私だけの部屋』におけるウルフの女性文学論は大変影響力が強く、私たちは彼女が言うように、十六世紀のイギリスの女性は日記も詩も書かなかったと信じてきました。

ウルフより約六十年あとに、ニューヨーク市立大学の歴史学教授ジョウン・ケリ＝ガドルという女性が書いた「女性にはルネサンスがあったのか」（一九八七）という有名な論文があります。ケリ＝ガドルの結論は、「ルネサンスは男性をさまざまの拘束から解放したが、女性にとっての効果は別で、その逆でさえあった。……つまり女性にはルネサンスは存在しなかったのだ――少くともルネサンス期には」というのです。この考えは、本質的にはウルフの意見と同じであると言えましょう。

ところがウルフの問いかけ以来、またとりわけケリ＝ガドルによる問題提起以来、歴史学や社会学の研究の急速な展開により、近代初期イギリスの女性の生活実態が明らかになってきました。それに伴い、フェミニズムに立脚する文学研究はさらにめざましい進展をとげ、十六世紀の女性の文学活動にもようやく光を当てるようになってきたのです。そして現在、次の驚くべき事実が明らかにされつつあります。

ルネサンス期のイギリスには、実は少数ながらシェイクスピアの妹ジューディスが実在していたのです。彼女らは自殺するどころか、ペンをとって書き、時には出版さえしていたのです。彼女らは女性ゆえの拘束や抑圧や迫害の中で血の滲むような努力の末に、字を覚え、読書をし、そして私たちに勇気を与える作品や記録を残してくれているのです。

しかしさまざまの事情により、特に「沈黙」「貞潔」「従順」を三大美徳として女性に押しつける社会的風潮のゆえに、女性の文筆は抑制され、女性の手になるものは匿名で発表されることが多かったのです。なぜならペンは容易に自己主張の道具となりうるので、もっぱら男性が占有すべきものと考えられていたからです。女性のすぐれた作品は周辺の男性が書いたとしてその名誉に帰され、たとえ実名で出版できても黙殺や非難の対象となりました。こうして出版まで漕ぎつけることができずに手稿のまま身内や友人知己の間で回覧されるうちに紛失したり、出版されてもすぐ絶版や回収の憂き目にあうという悪条件が重なりました。こういう状況下、ルネサンス期イギリスの書く女たちの存在は、歴史から、文学史から、四世紀もの間葬り去られていたのです。

一九八〇年代後半、フェミニズム批評に新しい動きが起こりました。未刊のまま眠っていた女たちの手稿、長年夫や父親の作品と信じられてきた女たちの作品、絶版となって久しく入手不可能だったものなど、ルネサンス期イギリスの女性の書きものは、主としてフェミニストの女性研究者の努力によって発見され、掘り起こされ、英米両国では近年すぐれたアンソロジー、研究書、論文などが次々と世に現われつつあります。特に注目すべきは、アメリカのブラウン大学の女性作家プロジェクト（ＷＷＰ）によるテキストの復刊、コンピューター化のための精力的な活動であります。多忙な教職や研究の傍ら手弁当による奉仕に献身する女たちのおかげで、私たちは今、シェイクスピアの妹たちの書き物に容易に近づくことができるようになってきました。何と胸の躍るような出来事でしょう。しかし残念ながら、日本ではこの分野の研究業績は今のところほんの少ししか現われておりません。

現代アメリカのフェミニストで、アドリエンヌ・リッチという詩人がおりますが、この人の有名な次の言葉があります。私たちが文学テキストを読む際に心がけるべきことは、「リ＝ヴィジョン」ということ、それは「ふりかえる行為、新鮮な目で見る行為、新しい批判的な方角から古いテキストに入っていく行為」であると彼女は定義します。これに対して、ルネサンス期の女たちの書き物を掘り起こす研究は、いわば死んだものを甦らせ、失われたものを再発見する「リカヴァリ」の作業といえるでしょう。

ところでウルフが知らなかったルネサンス期のイギリス女性文人は、いったい何人くらいいて、どのような作品をどれくらい書き出版していたのか——これが重要な問題となります。前章「女性の英文学史に向けて」にも書いたように、十七世紀後半、つまりピューリタン革命以降に活躍した女性文人はかなり多いのに対して、一六四〇年以前に女性が出版した書物となると比較的少なく、スーザン・ハルという学者は八十五冊と推定しています。その多くは王族・貴族・上流女性による宗教的訳業か宗教的記録ですが、少数ながら創作詩、書簡、母の助言書、日記とか、その他女性嫌悪的著作に反駁する女性擁護論パンフレットもあり、文学の諸ジャンルのうち小説以外のほぼ全領域にわたっていることがわかります。

それゆえ、今まで編まれてきた女性文学アンソロジーの多くが小説家優先の傾向を示していることは片手落ちであり、英文学史と女性との関係を見直す必要が感じられます。

3

シェイクスピアの妹ジューディスの化身ともいうべきイギリス・ルネサンスの書く女の代表として、エリザベス・ケアリ（一五八五ごろ―一六三九）の例を見ましょう。彼女はエリザベス一世の治世の終わりごろからジェイムズ一世とチャールズ一世の時代を通して執筆活動を行い、特にイギリス女性として最初の劇と歴史を書いて出版した人として記憶されるべき存在です。ここで彼女を取り上げるのは、十六―十七世紀の書く女たちが蒙ったさまざまの苦難を一身に背負った存在であり、文学史的に見ると女性の文学が実録や翻訳から創作へと移る経緯を示す好例といえるからであります。

エリザベスは一五八五年ごろオックスフォードシャーの裕福な法律家の娘として生まれ、独学で多くの外国語を習得し、十三歳ごろから宗教書の翻訳に励んだのちに、十六、七歳の頃から当時女性には許されなかった創作に取り組みました。彼女の人生からは、家族や社会が女性を抑圧するジェンダー意識にペン一本をもって立ち向かう苦闘の姿が偲ばれます。母親は大変厳しい人で、娘が読書や勉学に熱中することを好まず、ロウソクの使用を禁じました。そこでエリザベスは召使から借金をしてロウソクを手に入れ、夜中ひそかに読書にふけったと言われています。

十五歳の時、十歳年長の軍人と結婚します。これは貧しいジェントリ階級の男性がケアリ家の財産を目当てにした政略結婚というべきものでした。夫は専制的な人物である上に海外勤務が長く、結婚生活は不幸なものでした。夫の不在中、同居の姑は読書好きの彼女から本を取り上げ、部屋に閉じこめました。この監禁が契機となって、彼女は翻訳から創作へと向かうことになります。彼女の作品のほとんどは、結婚生活の不幸や束縛監禁のただ中で、自己を保持するための支えとして書かれましたが、若い頃の作品とされる「タンバレン伝」や悲劇の原稿は失われてしまいました。そして十八歳の時に書いた詩劇『マリアムの悲劇』は、女性心理の描写のたくみさ、詩的技巧の精緻さにより、高い評価を受けています。

夫の帰国後は献身的に彼に仕え、十一人の子を生み、ほとんど独力で育てました。夫思いの彼女は、結婚の時に父が設定した寡婦産を夫の出世のため抵当に入れたことで父を激怒させ、六週間父によって監禁され、相続権から排除されました。

アイルランド総督にまで出世した夫と同行した彼女は、アイルランドの人々や神学書からの影響により、心の支えを求める気持ちから、一六二六年ひそかにカトリックに改宗しました。これは、プロテスタント宮廷で重要な地位にあった夫にとって一大事ともいうべき妻の反乱でした。彼は妻を国教に復帰させるため、ありとあらゆる圧力を加えました。子供らから引き離され、生活費を断たれ、一時飢えに瀕した時には一人だけ残った召使からパン屑をもらって食べたとさえ言われています。国王チャールズ一世も一時彼女を自宅監禁に処しました。

このように、女性が監禁されて狂気に陥ったり、時には脱出を試みるというテーマは、その後の女性文学にたびたび現われる重要なテーマとなりました。

エリザベスの人生でもっとも厳しいこの時期に、彼女の文筆が華やかに開花したのは注目すべきことです。彼女はただ一人、飢えや寒さや孤独と戦いながら翻訳や著作に没頭しました。しかし何しろ国教忌避者の著作ゆえに、出版できないうちに原稿が失われたり、まれに外国で出版されてもすぐに焚書に付されるという有様でした。改宗前の作品『マリアムの悲劇』でさえ、出版まで十年もかかりました。改宗後の歴史物語『エドワード二世』は彼女の死後四十年以上たってようやく出版されたのですが、最近まで夫の著作と考えられておりました。これらの事実は、当時女性がものを書き出版することがいかに困難であったかを端的に示しています。こうしてエリザベスの人生と文筆の基本路線は「忍従を通しての反抗」であり、『マリアムの悲劇』、『エドワード二世』のいずれのヒロインも、それを象徴する女性として書かれました。ところで『マリアムの悲劇』が書かれた一六〇三年は、エリザベス一世の崩御の年に当たり、ヒロインが一国の王妃として設定されたことは偶然とは思われません。

『マリアムの悲劇』の主な材源は、紀元一世紀のユダヤ人歴史家による『ユダヤ人の遺物』（英訳一六〇二）という書物であります。エリザベスの作品は男性歴史家の記述を女性人物に焦点を当てて見直し、書き直したもの、つまりアドリエンヌ・リッチの言葉を借りれば「リ＝ヴィジョン」の試みであると考えられます。ユダヤの暴君ヘロデの物語は、専制的な男性権力者による女性への抑圧の典型的図式、いわば「性の政治学」の好例であり、エリザベスはそれに自らと夫との関係を投影したと考えてよいでしょう。

ユダヤ太守であったヘロデは、王の孫娘マリアムを後妻としてめとりますが、これは王権を手に入れるための政略結婚でした。彼は結婚後、マリアムの祖父王と弟を次々に殺して自ら即位します。嫉妬深い彼は、美貌の妻が自分の不在中に他の男のものにならぬよう、万一自分が殺された場合には彼女をも処刑するよう命じてローマに出立します。それを知ったマリアムは、彼に対する愛と憎悪の交錯する心情を表白しますが、当時の書き物でこれほど詳細かつ具体的に女性心理の葛藤を表現した例はなく、また詩的技巧の自在な駆使など、到底十八歳の作品とは思われぬ迫力は、読者の関心をヒロインの内部に引き込む出来栄えを見せています。

自らの純潔や貞節を誇りとし、率直な発言をくり返すマリアムを、周囲の女たちは憎みます。彼女らはローマから帰国した王に、マリアムが不貞を働いたと中傷し、王はその報を信じて彼女を処刑します。やがて彼女の潔白を知った王が悔いて嘆きつづけるところで劇は終わります。

この劇は、マリアムを中心としてさまざまな女の生き方を配し、男女平等の離婚擁護論を主張する女性人物まで含めて、貞節や従順という女の美徳、男性の権威への対応などの問題を提起しています。さらに言えば、誇り高いマリアムの率直な発言に対する他の人物の批判や中傷を通して、女が真実を語ることの困難さを示す点で、書く女としての作者自身の問題意識を作品化したものとも読めるでありましょう。

4

女王あるいは王妃の女としての生き方という類似のテーマに基づいて、女性の作品と同時代の男性の作品を比べてみると、興味深い発見があります。『マリアムの悲劇』執筆の三、四年ほどあとにシェイクスピアは『アントニーとクレオパトラ』を書きました。彼の創造したクレオパトラとマリアムを比べてみたらどうでしょうか。

エリザベス一世亡きあと、ジェイムズ一世が即位し、社会や家庭における父権制的支配が強化されました。この傾向に関連してか、イギリス演劇における女性の表象に変化が見られるようになります。特にジェイムズ朝の悲劇には、家父長権に挑戦し、人種や階級の境界線まで打破しようとする大胆な女性人物が現われます。全体的に見てジェイムズ一世朝の男性が書いた劇ではエリザベス朝演劇と違って、一般に女性の自己主張は性的逸脱に結びつけられるようになっていくのです。『オセロー』のデズデモウナはちょうどその過渡期に書かれたヒロインで、貞潔な妻でありながら不貞を疑われる点でマリアムと似ていますが、その夫選びにおいて父の支配権と人種の壁への大胆な挑戦が見られます。ジョン・ウェブスターの『白い悪魔』（初演一六一二）、『モルフィ公爵夫人』（初演一六一四ごろ）では、女性のセクシュアリティが大胆に描かれます。シェイクスピアのクレオパトラはその典型で、一国の女王としての権威と女のセクシュアリティの魅力を分かちがたく発揮し、ローマ人からは大将軍アントニーを惑溺させた「色黒の好色な淫婦」と呼ばれ、魔女扱いされます。彼女がアントニーのあとを追って自殺する場面では、女王の威厳を示しながらも、性的な恍惚感の表現かと思われる嘆声を発しながら、アントニーに呼びかけつつ死んでいきます。

これに比べてエリザベス・ケアリは、権威の座にある王妃マリアムやイザベラを書くにあたり、男性作家とは違って、女性の自己主張をセクシュアリティと結びつけることを敢えてしませんでした。もう一つ、前章で触れたメアリ・シドニーの訳業『アントニーの悲劇』（一五九二）を例にとって見ても、彼女のクレオパトラ像は原本であるフランスのガルニエのそれや、シェイクスピアのそれと違い、妖婦のおもかげはほとんどなく、ひたすら貞潔で忠実な妻として書かれていることは偶然ではありません。

当時の女性に課せられていた三つの伝統的美徳のうち「従順」と「沈黙」のモットーを筆をとることで破らざるをえなかったエリザベス・ケアリの、女としての最後の砦は、「貞潔」な自己というジェンダー・アイデンティティだけだったと思われます。十六─十七世紀のペンをとる女性にとって、さまざまな外的抑圧に加え、自らが自らの心を規制する内面的抑圧もそれに劣らず強かったことが推察できるでしょう。このように類似の主題を扱う場合にも、女性作家は男性の作品と違う女性独自の視点や表現を特徴とすることがおわかりいただけると思います。

5

今日のお話の締めくくりとして、シェイクスピアの妹の子孫ともいうべき現代イギリスの女性作家たちが、どのような活躍をして現在に至っているかの簡単な見取り図を示したいと思います。一九六〇年代には、アメリカのウーマン・リブ運動と連動したかのように、海を距てたアメリカとイギリスで、新しいタイプの女性の小説が続々と出版されました。それらはすべて、知的特権階級ともいうべきウルフのあずかり知らぬ女たちの日常生活——仕事、恋愛、家事、育児とのすさまじい闘いの日々——から生まれてきたものでした。それらはまた十九世紀の女性たちとは全く違う視点から、女というもの、女の肉体、女の意識、女の生活——要するに女の現実——を見つめて、女の言葉で書かれたものです。

一九六〇年にはまたD・H・ロレンスの『チャタレー夫人』裁判の無罪判決がありました。その結果、女性も男性も文学作品の素材を以前より広い範囲から自由に選び、率直に書くことができるようになりました。そしてこのころから女性はかつて書くことが許されなかった出産や中絶の体験までもリアルな筆致で書きはじめ、ドラブルの『ひき臼』（一九六五）のように「未婚の母」のテーマも登場します。同時に過去の女性の作品を見直し書き直すという試みも行われ、ジーン・リースの『広い藻の海』(一九六六)は『ジェイン・エア』を狂女バーサの視点から構築し直した作品です。これらの作品については、第二章と第五章をご参照ください。

七〇年代にはさらに新しい動きが目立ちました。イギリスの旧植民地だった英語圏から何人もの作家が巣立ち、目覚ましい活動をしたのです。中でも南アフリカ連邦生まれのナディン・ゴーディマは、白人による黒人への抑圧を告発しつづけ、一九九一年にはノーベル文学賞を受賞しました。またアニタ・デサイはインド系の生まれで、インド女性の生き方を描く優れた作品を書き続けています。

八〇年代末には、ソヴィエト連邦の解体、ベルリンの壁の崩壊などの政治的・社会的大変動が起こり、旧来の諸価値観が揺さぶりをかけられました。性差に関しては「ジェンダー」理論が確立しただけでなく、レズビアン小説や生殖工学を扱う小説の登場により、女性対男性という対立概念自体が問い直されはじめます。長い間女性作家を束縛してきた異性愛至上主義のストーリーも見直されざるをえません。

九〇年代には、旧植民地のみならず労働者階級出身者の登場にも注目すべきでしょう。

このように多種多様な流れが入り混じる状況を何か特定の中心的動向によって表現することは

できないのですが、六〇年代以降現在まで息の長い活躍を続ける二人の作家を対比しつつ、その創作活動の展開を眺めてみましょう。

前述のようにドラブルは、処女作『夏の鳥かご』を一九六三年、彼女が二十四歳の時に発表。これは大学卒業後の進路について思い悩む知的な女性をヒロインとし、姉妹二人に結婚とは何かを問い直させたもの。二年後には『ひき臼』で一躍有名作家となりましたが、これは秀才の英文学研究生ロザモンドの生き方を「未婚の母」問題とからめて描いた作品です。翌々六七年の『黄金のイェルサレム』では、都会のグラマースクールで勉強する女学生が田舎の閉鎖的な母にいだく敵意を書き、その二年後、三十歳の時の『滝』では二人の子をもつ母でありながら不倫の恋愛に悩むジェインを主人公としました。これら初期の作品は、ケンブリッジ大学英文科を首席で卒業した作者が、離婚と再婚を体験し、三人の子を育てながら創作にいそしみ、自らの年齢に近いヒロインの視点を通して、若い知的な女性の自己確立というテーマを追究したものといえましょう。

ドラブルはかってBBCの放送で、自分は作家として「尊敬する伝統の最後の一人でありたい」と宣言して、オースティン以来のイギリス風俗小説の継承者であるという自負を明らかにしました。たしかに身近な日常性に立脚したその小説世界はオースティンの世界に近いと言えるでしょうが、複雑多様な人間模様を中心とする斬新なプロット、透明な感性、若い女性のおしゃべりそのままの無造作でみずみずしい文体は、一見伝統主義のドラブルの小説がオースティンの時代感覚をはるかに越えていると感じさせます。

ドラブルの中期の作品は、『氷河時代』（一九七七）あたりから変化の兆しを見せはじめます。男性を主人公とし、主に男性の視点からヨーロッパの法律、政治、経済状況を分析します。一九八七年の『輝ける道』にはじまる三部作では、大学以来の友人である三人の女性の生き方を中心にして、多数の男女の人間関係を通して一九八〇年代のイギリスの変化をパノラマ的に示します。『象牙の門』（一九九一）では舞台として東南アジアも登場。一九九六年の『エクスムアの魔女』では、まさに一九九六年現在の環境汚染などの絶望的社会状況の中で、三組の夫婦が中産階級的体面に固執する醜さがあばかれます。二〇〇〇年発表の『黒斑点の蛾』は、ある一家の四世代にわたる物語で、インテリの祖母の生き方と、多民族の混血系である孫娘の対照的な生き方を通して、世代や生物学的属性の問題を追究します。このようにドラブルの関心が、一人の女性の個人的問題から、外国人まで含めた人間集団――共同体――の問題へと向けられはじめたのと同様の傾向は、一九七〇年代半ばのドリス・レッシングにも見られたものでした。

ケンブリッジ大学英文科の優等生だったドラブルと違って、スコットランドのセント・アンドリューズ大学で経済学と心理学を専攻したフェイ・ウェルドンの新奇な作品世界は、一見文学の伝統から遠いように思われます。ウェルドンはドラブルより八歳年長。幼時ニュージーランドに移民したのち、両親が離婚。十四歳で帰国後は女だけの家庭に育ちました。コピーライターなどしながら二十四歳で未婚の母になり、その後別の男性と結婚して全部で四人の息子をもちました。一九六七年小説家としてデビュー。一九七九年発表の『プラクシス』でブッカー賞候補となり、ほとんどの作品がベストセラーになるという次第で、ドラブルよりさらに多作で大衆的な作家といえます。

第三作『女友だち』(一九七五)では、同じ一人の男と性関係をもった三人の女性の奇妙な友情と支え合いを書きました。この作品には、フェミニスト的な女性小説の代表的なテーマがほとんど全て包括されていて、大変興味深いものがあります。第九作『女悪魔と呼ばれて』(一九八四)は、夫に裏切られた醜い大女が夫に復讐する物語として読めば、一人の女の自己変革の問題を扱ったように思われますが、実はそれだけではありません。彼女は、男性優位の社会を変えられないなら、自分を女悪魔に変えることで勝利を得ようとし、現代の先端的な整形医学の力を借りて、別の美しい女に変身してしまうという、社会性の濃い作品なのです。第十五作『ジョアンナ・メイのクローンたち』(一九九二)では、女性のアイデンティティや女性の絆の問題を問いながらも、細胞分裂によるクローン人間つくりや遺伝子工学、また原発問題などをSF的にとりこんで、現代社会のホットな局面をめまぐるしいまでに展開して見せます。しかし一見ドラブルと対照的に思われるウェルドンにも、一九八四年に『はじめてジェイン・オースティンを読むアリスへの手紙』という著作があって、オースティン再評価を試みているのです。

現代のイギリス文学では、今まで述べたいわゆるフェミニスト的傾向をもつ作家のほかにも、実に多彩な多数の女性作家が、男性作家に劣らぬ活躍をしていますが、そのほとんどが女性文学の伝統を意識的にせよ、無意識的にせよ、踏まえているのです。こうして現在も、またこれからも、かつての女性文学の中心課題だったジェンダー／セクシュアリティの問題に留まらず、多民族・多文化の現代社会の複雑な問題に、イギリスの女性文学は取り組んでいくことでしょう。近い将来、女性の文学を男性の文学と区別して論じることがふさわしくないような状況が訪れることを期待したいと思います。

あとがき

この小著は、当初、「英文学の白い道」と題して、『ジェイン・エア』第十章からの引用で始める予定であった。頼りにしていたテンプル先生がローウッド学院から去ったあと、ジェインが窓辺に立って彼方の青い山並みを眺め、一つの山の麓のまわりにうねっている白い道を目で追う場面である。山間に消えていくその道のもっと先まで見たいと願うジェインは、今までのローウッドの生活が牢獄のように閉ざされたものだったと感じ、もっと広い本当の世界に踏み出したいと感じる。

ジェインが憧れる彼方の世界、そしてそこへと通じる白い道——学生時代以来、私にとって英文学の世界はそのようなものであった。一九四五年、旧制女学校二年生の夏、勤労動員先の工場で敗戦を迎えた私は、やがて日本の歴史の虚構とそれを利用した教育のあり方を知って、深い失望と嫌悪の念をいだかずにいられなかった。その後大学受験の際「世界史」を選択し、のちに「英文学」研究の道に進み、現在では「英文学史」の問題点に注目することになる遠因はそこにあったのかもしれない。

英文学を専攻して五十年。その間に書き溜めた雑文をまとめる作業に今回取りかかってみたが、読み返してみて、分量のあまりの多さと内容の雑多さに我ながら呆れてしまった。結局計画を変更し、随想的な短文は省いて、各大学や学会、各種公開講座における講演原稿を主体として、比較的長いものを数種収めることにした次第である。たまたまそれらの大部分が「女性」をテーマにしているので、いささか僭越ながら「女たちのイギリス文学」と題することにした。これにより、英文学研究という長い白い道をたどってきた私の旅路の方向を、読者にある程度推察していただけることを願っている。原則として、アカデミックな論文は避けたこと、講演という性質上緻密な論理や専門性を踏まえていない場合があること、内容的に多少の重複があること、かなり古いものが多いため、現在の研究レベルからはもの足りない点や現在の私自身の読み方とは違っている点があり、また表記の不統一なども散見されることなどは承知の上で、日本の一人の女性研究者の人生記録というおつもりでお読みいただければ幸いである。

なおこの本の性質上、初出時の注記はすべて省いたことをお断りしておきたい。

最後になったが、現今の厳しい出版事情の中で、この本の出版にご配慮いただいた開文社出版の安居洋一氏に心から御礼を申し上げる。

二〇〇三年九月

青山　誠子

初出一覧

第一章　本稿は青山学院大学英文学会大会における定年退職記念の特別講演（一九九九年十二月十一日）の要約である。（青山誠子編『女性・ことば・ドラマ――英米文学からのアプローチ』に収録。彩流社、二〇〇〇年三月）

第二章　本稿は一九八六年十二月二日、和洋女子短大英文学会大会において「シャーロット・ブロンテと『ジェイン・エア』」と題して講演した折の原稿に基づく。（日本ブロンテ協会編『ブロンテ・スタディーズ』第一巻第二号、一九八六年十月）

第三章　本稿は、一九八六年十月十八日の日本ブロンテ協会第二回大会における講演の要旨に加筆したものである。（『オベロン』第二一巻第二号、一九八七年七月）

第四章　本稿は二〇〇〇年十月八日、日本ギャスケル協会第十二回大会で「共生と孤高――E・ギャスケルとC・ブロンテ」と題して講演した折の原稿に加筆したものである。

第五章　本稿は一九九八年六月五日、城西国際大学総合講座における講演原稿に基づく。（『城西国際大学国際総合講座』第三集、一九九九年十月）

第六章　本稿は、一九八二年六月十四日、東電・婦人セミナー「シェイクスピアの女性像」における講演に基づく。（第十八期『婦人セミナー』講演要旨小冊子、東京電力・お客さま相談室発行）

第七章　本稿は一九九一年十二月二十一日、名古屋大学英文学会における講演原稿に基づく。

第八章　本稿の要旨は二〇〇二年二月二十三日、神奈川大学英語英文学会において、「シェイクスピア劇と女性の文筆」と題する講演の一部に用いられた。なお本稿におけるシェイクスピアの作品からの引用はいずれもアーデン版による。（日本シェイクスピア協会編『シェイクスピア・ニューズ』第四一巻第三号）

第九章　本稿は二〇〇二年五月二十五日、日本英文学会第七十四回大会セミナー「女性詩人の発掘――英文学史を見直す」における発言の一部、および丸善『学鐙』一九九七年十一月号所収の「ふたりのメアリ・シドニー」に基づく。

第十章　本稿は二〇〇三年五月二十九日、横浜市立大学リカレント講座「イギリス文学への旅立ち」における講演に基づく。

著者略歴

青山　誠子（あおやま　せいこ）
1931年名古屋市生まれ。
名古屋大学文学部卒業。東京大学大学院修士課程修了。
共立女子短期大学教授、フェリス女学院大学教授、青山学院大学教授を歴任。
2000年春、青山学院大学を定年退職。

主要著書：
『シェイクスピアの女たち』『シャーロット・ブロンテの旅』『シェイクスピアの民衆世界』（いずれも研究社出版）、『シェイクスピアとロンドン』（新潮選書）、『シェイクスピアにおける悲劇と変容』（開文社出版）、『ブロンテ姉妹——人と思想』（清水書院）、『ブロンテ姉妹——女性作家たちの十九世紀』（朝日新聞社）、『ルネサンスを書く——イギリスの女たち』（日本図書センター）

主要訳書：
エレン・モアズ著『女性と文学』（研究社出版）
エレイン・ショーウォルター編『新フェミニズム批評』（岩波書店）
シャーロット・ブロンテ著『ヴィレット　上・下』（みすず書房）

女たちのイギリス文学　　（検印廃止）

2003年10月1日　初版発行

著　　者	青山誠子
発 行 者	安居洋一
組 版 所	アトリエ大角
印 刷 所	平河工業社
製 本 所	難波製本所

〒160-0002　東京都新宿区坂町26
発行所　開文社出版株式会社
電話 03-3358-6288・振替 00160-0-52864

ISBN 4-87571-973-6　C-3098